林希
自选集

林希自选集

丑末寅初 红黑阵 三一部队

林希 著

天津出版传媒集团

天津人民出版社

图书在版编目(CIP)数据

丑末寅初·红黑阵·三一部队 / 林希著. —— 天津：
天津人民出版社, 2017.6
　（林希自选集）
　ISBN 978-7-201-11699-0

　Ⅰ.①丑… Ⅱ.①林… Ⅲ.①中篇小说-小说集-中
国-当代 Ⅳ.①I247.5

中国版本图书馆 CIP 数据核字(2017)第 093317 号

丑末寅初·红黑阵·三一部队
CHOUMOYINCHU·HONGHEIZHEN·SANYIBUDUI
林希 著

出　　版　天津人民出版社
出 版 人　黄　沛
地　　址　天津市和平区西康路 35 号康岳大厦
邮政编码　300051
邮购电话　(022)23332469
网　　址　http://www.tjrmcbs.com
电子信箱　tjrmcbs@126.com

责任编辑　伍绍东
装帧设计　汤　磊

印　　刷　山东德州新华印务有限责任公司
经　　销　新华书店
开　　本　880×1230 毫米　1/32
印　　张　8.75
插　　页　6
字　　数　170 千字
版次印次　2017 年 6 月第 1 版　2017 年 6 月第 1 次印刷
定　　价　42.00 元

目 录

丑末寅初　　　　　　　　1

红黑阵　　　　　　　　107

三一部队　　　　　　　173

丑末寅初

天津有个南市，上海有个城隍庙，北京有个大栅栏。广州有个什么热闹地方？汉口又有个什么繁华街衢？在下孤陋寡闻，不得而知。只是至今年过半百，走了许多地方，方知这普天之下，大凡八方居民杂处的城镇，便必要有一处地方最热闹。喜欢往一处地方扎堆儿，原来是人的一大天性。众人往一个地方扎堆儿有什么好处？不必细说，人多的地方是非多，有了是非便有了纠纷，有了纠纷便有了争斗，有了争斗便要分出胜负，分出胜负来便有了英雄好汉，当了英雄便可以称霸天下，能称霸天下就光占便宜，你道若是人人都只在自己家里待着，这人生一世还有个什么奔头？

如今要说的是天津南市。市者，集市也；南，则是因为它处于天津老城区的南端。天津卫有没有北市？没有。所以这南市便是天津卫唯一一处常年不散的集市。说起集市来，那已是老老年间的事了，自从燕王朱棣降旨于天津建卫以来，那种只在早晨热闹一会儿的集市便成了终日兴隆的闹区，从此之后建房修路,一家商号一家商号地相继开张,至今五百余年过去,南市早成了一处百业昌盛、生意兴隆、人山人海、热闹非凡的地界了。在南市,没有看不见的稀罕,一个人长两颗脑袋,新鲜不新鲜?不新鲜,就在南市大街三不管地界内,常年的一个大篷子,双头人表演,一角钱一张票,果然是一个人长着两颗人头,只是不走动,光坐在一张大椅子上,又说又唱,又哭又笑,羞得只长一个脑袋的人都觉着怪对不起后辈子孙的。在南市大街的娱乐区,有表演吞铁球的,一对铁球吞进肚里,一走动,肚子里叮叮当当地响,待一会儿吐出来,铁球上带着血渍,这是真功夫。笔者幼时淘气,常常逃学旷课偷偷地往三不管跑,亲眼所见。在下看见过吃电灯泡的;看见过吃铁钉子的;看见过吃草的;看见过吃帽子的;看见过吞宝剑的,一把三尺长剑,一口一口地往肚子里吞,吓得人个个打冷战;还看见过吃砖头的,一块红砖,一口一口地咬着吃,看他咀嚼得那样香,真令人垂涎三尺。反正这么说吧,只要到了南市大街,这普天之下恨不得就没有不能吃的东西。你说这热闹场面好看不好看?

到了南市大街,不光有热闹好看,还有东西好买。正儿八经的大字号,皮货庄、绸缎庄、鞋帽店、金银首饰、洋广杂货,全都是货真价实童叟无欺,所以天津南市的许多家老字号早已是誉满全国。外地人来天津,专门到南市去买老牌子产品,保你上不了当。一家家商号外面,小摊贩一个挨着一个,活活在两侧商号外面又筑起了两道人墙。摆小摊要精气神足,从早到晚不停地喊叫。那年月没有扩音器,没有录音机,一声一声地全靠摊主自己吆喝,要声音宏亮,要底气足,还要用词新鲜,有诱惑力:"带钱的你算来着了,百年不遇的大甩卖,一副鞋垫的价钱买双牛皮鞋,三百年不减成色,传辈儿去吧,买吧!"愣有三百年穿不破的皮鞋,而且价钱便宜得令人打喷嚏,你说说若是不买一双带回家去,岂不是太傻帽儿了吗?

南市商业区的最大特点是货全。天上飞的,地上跑的,天南的,地北的,东洋的,西洋的,活的,死的,半死不活的,吃的穿的用的玩的,据专家调查,天津南市大街只有四种极有限的物件买不到:一是飞机大炮机关枪;二是棺材(有卖寿衣的);三是亲爹亲娘(有卖儿卖女的);第四种买不到的东西,你猜是嘛?这第四种买不到的东西是一种药品,绝对的祖传秘方——后悔药。反正这样讲吧,在南市大街上了当吃了亏倒了霉,还真找不着卖后悔药的地方。

南市大街的商业为什么兴隆?因为天津人喜欢往南市跑。笔者在前两年写的一篇小说《相士无非子》中说过:天津卫人有钱了都要跑到南市来花,天津卫人没钱的都要跑到南市来挣;天津卫人不走运时都要来南市碰碰运气,天津卫人交上好运都要来南市欺侮欺侮人。在那篇小说中因笔者要开掘人物内心世界要展现人物思想内涵要刻画人物精神情感且要寻找不同文化背景描绘反差冲击以及种种连笔者自己都闹不明白是怎么回事的手艺绝活，故对于南市大街的热闹便只作些浮光掠影交待，至今于读者面前仍感歉疚。此次忙中偷闲，在下只想把昔日发生在天津卫南市大街上的种种故事做一番演义，也算是录载下一些天津旧城风貌，免得日后天津好体面的君子们只说天津是一片净土，天津卫人人尽圣贤，"郁郁乎文哉，吾从周"。不敢当，您哪。

其实早在公元1930年，民国十九年的时候，天津卫就有一位正人君子、社会贤达人士公然主张取缔南市大街。这位大人便是彼时天津国民参政会的副议长程一村。这位程一村先生学贯中西，身兼数所大学校董，且又是德高望重的儒士贤人。程议长非礼勿视，非礼勿闻，为匡正世风，由他出任会长，天津卫成立了仁义道德公会，专门承担教导津沽刁民的重任。在天津市参政会的全员会议上，程先生总是慨然呼吁，南市乃天津一大毒瘤，市风为之毁，民心为之坏，南市大街一日不除，天津一日不得安宁。为此，在程一村副议长的领导下，天津市政当局制订出了一个改造南市的百年规划：禁娼十年、禁烟十年、禁赌十年、禁骗十年、禁打架斗殴十年、禁坑蒙拐骗又十年、十年、十年……总之待到一百年后，天津南市大街便成了一处男耕女织、温文尔雅、君子礼让、只闻琅琅读书声的圣贤之地了。

老圣贤程一村先生的南市梦堪称可敬可佩，但现在还不行，现如今许许多多人还要在南市大街讨一碗饭吃，而对于天津卫众多没本事没能耐没靠山没门路没地盘没门脸没本钱没帮衬没哥们没胆子没手艺没力气的芸芸众生来说，一旦一颗炸弹将南市大街炸平了，这些人还真就断了活路。

2

30 岁的体面汉子朱七，终日就在南市大街上混饭吃。朱七原名朱敬山，娶了妻，有个 5 岁的儿子，算得上是拖家带口，一天不到南市大街上去挣，一天就要"扛刀"。嘛叫"扛刀"？"扛刀"就是挨饿，文明人不说挨饿，说是断炊，朱七没有这么大学问，不明白这两个字当嘛讲，他和所有天津卫爷们儿一样，将挨饿说成扛刀。典出于《三国演义》，关老爷身旁，周仓扛刀，嘛儿也吃不着。

在南市大街，朱七没有店铺，也不摆摊，这就是没门脸没本钱，他是嘛也个头嘛也不卖，两肩膀扛一颗脑袋，甩着一双手来到南市大街，混一天得给老婆孩子挣出 2 斤棒子面钱来。朱七一不是哪家商号的伙计，二不打零工，这叫没力气没本事没能耐，有力气的去大光明码头给外国轮船卸货，汗珠子掉地上摔八瓣儿，凭力气挣钱，好歹能养家糊口——朱七讲的是遛遛达达，块儿七八，块儿七八就是 1 元钱左右。棒子面(玉米面)1 角 5 分钱 1 斤，朱七一家三口人饭量大，每人一天要1斤半粮食，朱七的5岁儿子一顿饭能啃两大馇饽，吃得他娘直往肚子里咽泪儿。还要买煤球、住房，吃萝卜熬小鱼，要买油盐酱醋，混得好，朱七晚上还要喝二两酒，弄不到手1元多钱，这日月便没法过。凭什么弄钱？朱七什么也不会，什么京剧清唱什么杂耍摔跤打弹子吞铁球说相声变戏法，朱七一窍不通。还不能似那些地痞青皮无赖，挨家挨户挨摊地收"份子"。有一个吃份儿的团头，手里有只小喇叭，每日沿着南市大街挨门挨户地吹，吹一声1角钱，伙计们没立时将钱送出来，再吹一声喇叭……连着吹三声还装听不见，爷今日不走了，当即掏出绳子来就在你门槛上拴扣儿，他要上吊，你说惹得起吗？就靠着这声喇叭，人家这位爷吃香的喝辣的，敛完了份子换上长衫，人家爷到班子玩去了。你朱七比得了吗？

朱七这也不行，那也不干，可他每日这1元多钱是如何弄到手的呢？偷？抢？早交待过，朱七是个体面汉子，要堂堂正正地做人。

朱七的钱，挣得不容易。

譬如说吧，来个生脸的，卖洋袜子。找个不碍事的地方，将包袱铺开，放开嗓子吆喝："双线的洋袜子好呀，买来吧！"喊了半天无人问津，这时朱七便过去了，他俯身拾起一双袜子，拿在手中仔细端详，待到有人恰好从他身边走过，他突然大声赞道:"哎呀,这洋袜子太好了,上回我就买了一双,说话两年了,现如今还好好地穿着呢!打从那以后你又往哪儿摆摊去了!别忘了老主顾呀,我买,我买三双。"天津人买东西有个毛病,哪怕是个驴粪蛋,只要看见有人买,他必随着抢。这么着,呼啦啦一大包袱洋袜子就全卖了,卖洋袜子的当然要感激朱七:"那双洋袜子送给你吧。"于是朱七白得了一双袜子,正好这时候有人还要买洋袜子,卖光了,朱七说我这双让给你吧,你瞧!这一元多钱就算到手了。

大多数卖货的,自己带托儿,有男有女,朱七自然挤不进去,强挤过去也自讨没趣,"走走走,别在这儿起腻!"让人攥出来了。东逛西逛,实在眼看着太阳西沉这一天没指望了,灵机一动,"我的爹呀!"立时哭声震天,惊得全南市大街为之一怔,众人停住脚步,只见朱七一面哭爹一面往前跑,跑到一处卦摊前面,朱七扑通一声冲着算命摆卦摊的先生就跪下了,"神仙,您老刚说我爸爸三天之内必有横灾,这不,上午让火车碾死了嘛,您老真灵呀!"有如此料事如神的相士在这儿卜测吉凶,能没有倒霉蛋咬钩吗?这么着,朱七这天的1元钱又算混到手了。

朱七这样在南市大街混事由,人们难免要为他担心,哪里会每天都有这种捡便宜的机会呀!放心,保证每天都有,不如此算不得是南市大街,而且在南市大街靠"套白狼"吃饭的，绝不只是朱七一个人，比朱七更蒙事的多着呢。也许还有人担心，如此每日靠"打飞虫"吃饭，一家人能过上好日月吗？放心吧，朱七一家三口人的日月过得火爆着哪，以窝头、熬鱼、白菜汤为最低生存条件，有时能加一盘猪头肉，隔三岔五的包饺子，蒸包子，炸酱面，还偶尔吃一次肘子、大熏鸡，逢年过节老婆孩子还能添件新衣服；遇上好年景，说不准就能发笔小财。也不过就是前两年的事，天津闹霍乱，市政当局采取紧急措施，注射防疫针。为控制传染病蔓延，尤其对繁华地区格外控制。立时，南市大街东西南北四个道口设上卡哨，出入人等一律要出示"针票"，凡未随身持带针票者，必须当场注射防疫针。说来也有意思，天津人历来将打针看得比传染病可怕，可是天津人又没志气，为了不打针，宁肯三个月不出门。忍耐不住非要去逛南市大街，自己又没有针票，于是朱七的时运到了，他远远地在南市大街口处"哨"着，遇有天津父老带不愿打针模样的人走来，朱七立即走上去靠近身旁，像是自言自语低声嘟囔："打针伤气，5角钱保平安呀。"听见朱七的嘟囔，人们便明白他是在兜售"针票"，果不其然，将5角钱塞到朱七手里，朱七立即将一张盖有天津市卫生署大印的空白针票塞到你手里，"姓名，年岁自己填吧。"三个月过去，天津卫一场霍乱，朱七总共赚了三百多元，细算算，够一年的开销。

只是，朱七心里总有个解不开的疙瘩，在南市大街混饭吃并不难，最难的是咽不下这口孙子窝囊气。没人拿自己当人，谁都敢往自己脸上吐唾沫，遇见不讲理的，朱七还挨过耳光。"滚"，别人听着刺耳，朱七听着就和听百灵鸟唱一样，脸不红心不跳，一抽鼻子就走开了，没脾气，明知道是自己碍事。有一次，一家大商号开张，朱七挤进去道喜，使出九牛二虎之力争作头名财神爷——第一个买东西的顾客。天津卫的规矩，新字号开张，对第一个来买东西的顾客半价优待，一双布鞋4元，只收了朱七2元，第一个顾客买过之后，其它人再买，便一律4元了。朱七捡了个便宜，提着件新鞋盒出来，大街上转一圈，一个小时之后他又回到这家新字号来了："掌柜的，这双鞋我穿着不跟脚，您老给我退了吧！"你想啊，这小算盘打得够精细的，半价买的鞋，退货时就要收回4元，不费吹灰之力白赚2元钱。没想到，"呸"地一声，一口唾沫吐在了朱七的脸上，"成心捣乱呀，你个混账东西！"掌柜的扑上来就要打朱七。又是天津卫的老规矩，新开张的字号最忌讳头一天有人退货。大势不好，朱七立即抱头鼠窜，跑到马路上，正遇见一个人要进这家字号买鞋，罢了，3元钱卖给你吧，朱七只挣了1元钱。

人家不拿自己当人看，这实在不是滋味，没有亲身感受的人，谁也不理解为什么是人不是人的都要往人上奔，更何况朱七是个体面汉子，谁不盼着堂堂正正地做人呢？只是，这南市大街做人难。在南市大街，花钱的是人，赚钱的不是人；买东西的是人，卖东西的不是人。花钱的穿着长衫西服，赚钱的就只能穿短裤短袄。你也来件灰鼠皮袍子穿上，立在个小烟摊旁边，等着吧，一时不脱下这件皮袍子，你一时休想开张。人家还当你是买烟时正碰上卖烟的拉肚子，君子助人为乐，临时替烟贩子看一会儿小摊的大人先生呢。买东西的财大气粗，随心地挑挑拣拣，卖东西的就得欠着三分理，只能百依百顺，稍一轻慢，弄不好非打即骂，到头来还得向买东西的赔礼道歉。可怜朱七毕竟是耳目闭塞，人穷志短呀。他万万想不到迟早能有一天卖东西的会比买东西的凶，以至于店堂纪律头一条要写上"决不打骂顾客"六个醒目大字。

如此，便说到正题上来了——

六月初三，朱七要去给老岳父祝寿，早在四五天之前，朱七一家人就开始筹备了。在南市大街朱七多卖了点力气，为老岳父的寿日挣来了四份厚礼：一只大寿桃四斤长寿面、女婿的酒闺女的肉、两瓶直沽二锅头、一只大猪肘，足以讨得岳父大人的欢心。朱七的媳妇有件麻纺旗袍，自己缝的绣花鞋，虽算不得是名门闺秀小家碧玉，但在天津卫足够体面。只是，朱七穿什么呢？短裤短袄？太寒碜人，不光寒碜自己，也寒碜老岳父、家门口子老亲老友。女婿是门前贵客，一户人家发旺不发旺，全看女婿够份儿不够份儿。女婿开大洋行，老岳父准坐小汽车；女婿开杂货铺，老岳父准穿布头；女婿卖鱼，老岳父准一身腥。这叫老塘里的芦苇，根儿上连着哪。

"宝儿娘。"朱七的妻子虽然只有 25 岁，但她和天津卫所有的美丽女子一样，也是在生了小孩之后才有了自己的芳名，从此朱七和妻子说话，也不再只喊一声"喂"了。"你说，姥爷生日那天，我穿嘛？"朱七和妻子商量。

"嗐，混身打混身呗。"这又是一句天津土语，意思是说平日穿什么，那天还依然穿什么，不必格外地乔装打扮。

"我嘛也不在乎，不是为了往你脸上贴金吗？"朱七立志要提高妻子的身份，自然不肯仍穿着在南市大街上混事由的那件穷皮。

"给你添新衣裳，一时可挤不出钱来。"妻子当是朱七要新衣穿，便面带难色地回答。

"谁说添新衣裳了？"朱七晃着身子说道，"我早琢磨了，跟胡九爷去借那件长衫穿穿，听说还是料子的呢。"

"别无事生非了，姥爷生日那天人来人往的，不小心烟火烧个洞，咱还赔不起呢。"

"还不就是路上穿穿么，到了家，给姥爷拜完寿，脱下来,交给你收好了,出来再穿上,图的不是个体面么？"

"愿意找这个麻烦,随你的便吧。"宝儿娘终于同意了丈夫的打算。

拥有一件毛料长衫的胡九爷,就住在朱七的隔壁,人缘随和,有求必应。待朱七找到胡九爷家里说明借长衫的来意之后,胡九爷二话没说,当即将长衫取出来交给了朱七。只是,最后他对朱七嘱咐了几句话："方圆百多户人家,无论谁家老爷们儿有事,找到我胡老九借长衫,我没驳过面子,人往高处走么,穿上长衫,神气,瞧着是个人物儿。到了哪儿,人人都要高看你一眼,好,有志气,不能总被人往扁处瞧。穿在身上,处处留神,一时当了人物,心里可不能浮躁,别忘了咱还是人下人的本分,穿上长衫,该受的气还得承受,该低头时还要低头,别忘了你胡九爷这件长衫外面没别着牌牌,兜里没揣着片子,让人家扒下这张皮来,咱可嘛也不是。就当这是一件戏装,龙袍玉杖皇冠扎靠齐了,家伙点叫起来,出将入相上了台,你是个皇上,唱完了这出,卸了装,该烧香的地方去烧香,该磕头的地方还要去磕头。别以为我在戏台上演过皇上,那是假的,不能往心里去。所以,穿上这件袍子,走在路上,倘有人叫你朱七爷,咱可别答应,告诉人家这件长衫是借来的,我还是朱七,那个爷字免了吧。穿上长衫,别往人多的地方去凑热闹,别走大路,哪儿人少,哪儿僻静,咱往哪儿去……"

"九大爷,您老放心,我就只穿一会儿,给宝儿的姥爷拜完了寿,当天晚上我就还回来。"直到朱七立下了最后的保证,胡九爷才将这件长衫让他带回家来。

3

前面不是说过吗，朱七是个体面汉子，这件长衫穿在身上还是真长成色，从家里出来，老家门口子认识朱七，也认识胡九爷这件长衫，如今见朱七借来这件长衫穿在身上，大人孩子全跟他找乐："行呀，朱七，狗熊穿袍子，人啦！"出了胡同口，才走出不多远，立时就有拉洋车的追上来问："坐车吗？"你瞧，朱七已经够上坐洋车的派儿了。又走了没多远，迎面一个陌生人过来，向着朱七施了个礼："先生，向您打听个路。"朱七已经被人称作先生了。过十字路口，交通警察特意看了朱七一眼，正巧有辆运菜的大马车也过路口，警察一扬手，让那辆运菜的马车停下了。再往前走，"老爷太太，可怜可怜吧！"乞丐已经向朱七和宝儿娘伸过手来了。终于，快到岳父家了，倘若再如此走下去，出不了十里地，非得有人向朱七敬礼，称他为大总统不可。

人配衣裳马配鞍，扫帚疙瘩扎起来还有三分人相，一点不假。天津卫有句老话，说是"宁生穷命，莫生穷相"。命穷，自己暗中受苦，相貌不带穷苦模样，打扮出来仍然仪表堂堂，如此便有指望，说不准哪天便会有个发旺，砖头瓦块还有个翻身的时候，何况堂堂男子汉哉！朱七如今穿上体面的衣服，立时便是体面的人物，平日在南市大街受窝囊气的那副孙子模样，已是荡然无存了。

在路人一片钦敬羡慕的目光下走在马路上，朱七第一次发现原来自己的身材、容貌、神采、气度的成色都不低，只要一件大褂儿穿在身上，人们便会将他看作是账房先生、银号管事、经理掌柜，甚至于还有几分像官面儿上的人物，侧目望望走在自己身边的妻子，妻子的嘴角上挂着一丝得意的笑容，走路的姿势也比平日斯文，目不旁视，不似往日那样东张西望，张牙舞爪地说东道西。此时朱七才感到自己这许多年没混上件大褂儿穿，实在是太对不起宝儿他娘了。

"这边来！"说着，宝儿娘用力地将5岁的儿子小宝从朱七的身边拉过来，小宝手里举着一支糖堆儿，双手黏黏乎乎地就要抓朱七的长衫下摆，若不是宝儿娘手快，非抓脏了衣服不可。

穿大褂的朱七出现在岳父家里，立时引起了轰动，来给老爷子贺寿的，都要过来和朱七说几句话："尊姓大名？""朱敬山。""久仰久仰。在哪行发财？""没有准字号，算是八面来风吧。""有能耐，好汉子不赚有数的钱，日后求多关照。"

“不客气，不客气。”

原来在家时计划好的，进了姥爷家门，大褂要脱下来，但朱七才要解疙瘩纽襻，妻子倒伸手拦住了他：“穿着吧，我给你在一边照应着就是了。”朱七心里一阵热乎，立时便打消了脱大褂的念头。

这件大褂还真灵，过来和朱七搭讪的人比和老寿星说话的人还多。在胡同口住的几位体面人物，有正兴德茶庄的伙计，瑞蚨祥绸缎庄的先生，还有一位保甲长，一位在理的老闲人，他们过来给老寿星贺寿的时候，老岳父便让朱七过去陪着说话。待到吃饭时，头一桌正席，朱七堂堂正正地坐在席面上，哥俩好呀，他和老岳父搳拳敬酒，再不似往年那样只看着人家贵客喝酒吃肉，自己只端上一碗卤子面，蹲在院旮旯里往肚里吞。

一天过去，朱七摆够了穿大褂的威风，尝够了穿大褂的甜头。辞别老岳父，一家三口回家转，这时他已是全身轻飘飘、脑袋晕乎乎，心里早就有八分醉意了。老岳父故意放开嗓门嘱咐：“路上雇辆洋车，当心别着了凉。”送行的人也再三地叮咛路上当心，说了许许多多朱七从来没听见过的话，听得人眼窝一阵阵发酸。

你道这天下人何以就这么势利眼呢？本来他们都认识朱七，也见过朱七平日蹬着三轮往老岳父家送白菜送煤球的样子,可是今天朱七穿上件大褂儿,立时人们的态度就变了,此朱七不是彼朱七了。人们围着朱七转,其实是围着朱七的大褂儿转。倘若这件大褂儿由一根竹竿儿挑着,大家也会围着那根竹竿儿转,这叫人往高处走嘛,否则时代何以还会进步?

走在回家的路上,朱七的心情一时比一时沉重,眼看着这件大褂儿就要给胡九爷送回去了,再想借来穿穿,要等到明年今日,太漫长了。忽然间,朱七似是想起了什么,他侧身对妻子说:"你先领着小宝回家,我上南市去趟。"

"嗐,这一天就泡汤了吧。"妻子以为朱七是疼惜今天没赚来块把钱,便劝他看开些。

"你不懂,我有事,跟人家订好的。"说着朱七就向南市大街奔去。

华灯初上,南市大街正是热闹的时候,天津卫四面八方的老少爷们儿正往南市大街灌,自然是有来花钱的,有来赚钱的,有来找乐的,有来当孙子的,一直要热闹到后半夜丑末寅初时刻,大家才心满意足地尽兴而去。

穿着一件大褂儿,可休想在南市大街赚钱,无论怎么装孙子,人家都拿你当爷看,休想捡着便宜;穿上一件大褂儿来南市花钱,朱七没有那份造化,今日一天玩票,他已是少了两元钱的收入,再来这儿破费,口袋里一文钱也没有。那,朱七何以往南市跑呢？无可责怪，这许多年朱七进南市大街穿的都是短裤短袄，一来到南市大街就成了人下人，今日朱七哥要人模狗样地在南市大街逛逛，享受享受做人的滋味儿。算不算过分？凭嘛这张人皮就只能披在他们身上？朱七哥今日要穿着高靴子逛南市，居上临下，他要看看南市到底是个嘛模样。

"二爷，大前门的烟卷。"刚走进南市大街，摆烟摊的小贩便冲着朱七献媚。大前门，这是抬举你，一见这身穿戴就是抽"大前门"的人物，穿短裤短袄，吸老"金枪"去吧。

"肥卤鸡！"挎提盒卖卤鸡的也冲着朱七吆喝，"刚出锅的。"一股香味扑鼻，果然货真价实。"擦皮鞋吗你老！"路边擦皮鞋的小孩也伸长了脖子问朱七，只见街上人挤人，他没看清朱七穿的是一双家做圆口布鞋。反正这么说吧，从打朱七刚走进南市大街，这两旁的劳苦人便都争着要侍候朱七爷，直到最后饭店伙计站在门口冲着他喊："喝酒里请！"倒卖金银的贩子过来和他说黑话："黄的白的龙的老头的活的死的现的飞的。"这许许多多黑话如何讲，朱七听不明白，倒是最后过来了个老女人冲着他说的话，朱七听明白了："上海来的妹子，18 岁。"拉皮条的。你瞧瞧，穿上大褂逛南市真是别有一番滋味也。

"你凭嘛撵我？我偏不走，我偏不走！"突然间一阵喊叫，身旁的人圈里似是正有人吵架,人山人海地围着,朱七也没心思看热闹。

"凭白无故地就摆烟摊,这是我的地盘。"吵架的一方是一条大汉,嗓门亮,气壮,听着就有三分凶横,想必是一个新来的人摆烟摊,挤了他的地盘。

"你卖你的洋货,我没碍着你呀!"争辩的一方还是一口童音,而且理不直气不壮名不正言不顺,说话没有底气。

"少跟我在这儿起腻,我打你个小杂种!"争吵着,里面似是真动了拳脚,呼啦啦人群一阵骚动,里面传出了少年人的哭声。

莫管闲事,朱七着意保护好那件大褂,随着人流往路边靠,里面的双方越打越眼红,不多时那个少年人竟哭着喊着跑出来,身后一个凶汉,爷爷奶奶地骂着,挥着拳头:"小杂种,今儿个我废了你。"

"先生救命!"扑通一声,那个被追的少年人跪在了朱七的面前。

朱七吓了一跳,心里忙说别来缠我,我算是哪棵葱?但是不容他推卸,那个凶汉已经追了上来,吓得少年人忙躲到朱七的身后。

"你,你……"凶汉抬头看见一位穿大褂儿的人物护住了少年,立时便冲着朱七施了个礼,"二爷,正好您老给评评理,在这地方摆摊,咱可是七八年了,袁五爷那里尽到了孝心,五爷的地盘,这才发下话来给咱留口饭吃。怔不愣,半路上冒出来这么个小杂种,挤我的地盘摆烟摊,您老人家知书达理,让您老人家说说,这事该怎么办?"

"这,这事我不管。"朱七忙摇着双手说道,"我也管不了。"

"爷,这事您不能不管呀!"卖烟的少年急切地恳求朱七,"您瞧,这一圈人就您一个穿大褂儿的,您不管,谁管呀!"

"这位二爷,行行善吧。"说话间,人群里一个苦婆子凑了上来,"这孩子叫牛小丑,命苦,刚死了爹娘,好不容易凑个本钱要摆个烟摊,没地盘……"

"没地盘去求袁五爷呀!"要横的凶汉冲着说情的苦婆子喊叫。

"哎哟,袁五爷是那么好见的吗?"苦婆子说着话,身子忙向外躲闪,不多时便溜走了。

"爷,您帮我求求袁五爷吧。"牛小丑满面泪痕地央求朱七。

"我,我不认识袁五爷呀!"朱七无可奈何地对牛小丑说。

"嗐,南市大街还有不认识袁五爷的?"那个凶汉冲着朱七说着。

"我是说袁五爷不认识我。"朱七补充说。

"嘻，袁五爷认识谁呀，只要够了身份，他没有不见的。您老若是给这孩子在袁五爷面前求下一碗饭来，也免了他挤兑我。"凶汉说着，已不似刚才那样蛮横了。

"爷，您老就当是救只小猫小狗，牛小丑给您老下跪了。"说着，牛小丑哭哭啼啼地冲着朱七跪在了马路边上。

"能行善且行善，能积德且积德吧。"围观的人也一齐帮着牛小丑求情。

唉，朱七的额上渗出了汗珠儿。索性对大家明说，这件大褂是我借来的，我本来没有身份去见袁五爷——大庭广众之下，实在也太丢人；真凭着这八分的酒劲，壮着胆子去求见袁五爷，袁老五那混账东西可不是好惹的。

"爷，您老就帮个忙吧。"可怜的牛小丑跪在面前苦苦地哀求。这小子心鬼，人不知鬼不觉地将一张钞票塞到朱七手里，朱七摸摸，一元钱，心里一热乎，酒劲涌上来了。

"这么着吧。"朱七将牛小丑扶起来，冲着众人说，"我壮着胆子去试试，五爷肯给我个面子，你也别谢我，谢的是五爷的恩典；五爷不肯给我面子，你也别怨恨……"

"无论行不行，我都感谢您。"牛小丑还冲着朱七作揖行礼。

"这位二爷，没我的事啦，就凭您这十足的派头，五爷那儿准吃得开！"凶汉说罢，甩着袖子回身走了。

············

袁五爷,南市大街的霸主,天津卫头名青皮,青门第23代老头子。袁五爷绰号是五不知,一不知自己的财势有多大,二不知自己有多少钱,三不知手下有多少人,四不知有多少小老婆,第五项不知道,是天津卫老少爷们儿对他的抬举:不知道做下了多少缺德事。

在天津卫,袁五爷有家,没有地址,南市大街,地道外,英法德意日万国租界地全有袁五爷的家,一处家里养着一名年轻女子,还有一名老妈妈。有一次夜里下大雨,袁五爷闯进了一户人家避雨,敲开院门,迎出来一个老妈妈,无论袁五爷如何恳求,这位老妈妈就是不让袁五爷进屋。袁五爷生来好脾气,只是手下人爱闹事,一把推开老妈妈,拥着袁五爷大步流星地闯进了正房。这房里好摆设,袁五爷越看越喜爱,混星子劲头上来,"今夜里不走了。"他要住下。谁料这一下惊动了主家少奶奶,她两根手指夹着根烟卷走出绣房,冲着满屋的人破口便骂:"哪儿冒出来的一群蘑菇,跑五奶奶这儿摆大来了,家门口子也不扫听扫听(打听打听),五奶奶饶了你,五爷也不饶你。"袁五爷一听这话里有话,便上前搭讪,"你满嘴里说的嘛叫五爷五奶奶的?"那奶奶近前来仔细一看,哟,认出来了:"五爷,您老这一猛子三年没见面呀。"袁五爷一拍脑门儿,想起来了。有这么回事,三年前为别人说和事，那人为报答袁五爷，给五爷从苏州买来了一个姑娘，五爷当即让人买了套房子收下了，就住了一夜，从那之后，五爷太忙，忘了。

袁五爷的宅院虽多，但他每天前半夜必来南市大街坐镇。只要有袁五爷在，南市大街就是一片欣欣向荣，个个安居乐业，人人守本分，家家户户保平安；袁五爷一天不来南市大街，往轻处说要有人打架斗殴，重的说不准还会出人命；袁五爷两天不来南市大街，南市大街必有盗匪抢劫；袁五爷三天不来，南市大街便必是一片火海。为民众安康计，袁五爷独挑重担，"南市大街就是水帘洞花果山，没个老猴子镇服，便必是天下大乱"。

走进世界饭店，果不其然，袁五爷正在二楼搓麻将，饭店的伙计见朱七穿着件体面的大褂，喊了声"二爷里请。"没询问来这里找谁。朱七冲着伙计问了句："五爷在楼上？"伙计立即冲着朱七鞠了个大躬，鞠躬之后立即对朱七说："我给您老引路。"其实，朱七还是胆子小，倘若他冲着伙计问一句："袁老五在楼上又诈唬嘛？"当即，那伙计准跪在地上给你磕头，这叫傻小子睡凉炕，全凭火力壮。

走上世界饭店二楼，朱七真成傻小子了。楼上那个亮呀，头上是灯，墙上是灯，脚下是灯，把朱七照得眼前一片金星。回头再看伙计，那伙计走了，朱七只好怔怔地顺着楼廊走,满楼上全是人,女人一个比一个笑得甜,男人一个比一个长得圆,走过来走过去,也不知都在忙些嘛。突然间一个胖子跑过来,后面好几个娘们儿嗷嗷地叫着追,没几步叽叽哎哎地追上了,几个人又揉成一个团儿往回走。哎哟我的天,这许多年朱七只在世界饭店门外走来走去,从来也没见过世界饭店里边是个嘛情形,今日一见才明白,原来这世界饭店里的人全和踩了爪子的鸡一样,一个一个地全欢蹦乱跳。

"五爷今儿个的手气儿壮。"一个娇滴滴的女子在一间大房门外嘻嘻地冲着屋里说话。朱七看明白了,袁五爷准在这间屋里。

稀里哗啦,屋里传过来一阵洗麻将牌的声音,哇里哇啦,几个人在论说刚才一把牌阵上的胜负得失。朱七寻着声音走过去,站在门外翘着脚往里看,嘛也没看见,只看见十几个女人肩挨肩地围成一个圈,那圈儿里,想必是有四位人物在打牌。

"看嘛?"那个娇滴滴的女人问朱七。

"想见见五爷。"朱七战战兢兢地答。

"哪条船上的?"那女子又问。

"不是船上的,是旱地上的。"朱七答。

"咯咯咯……"那娇女子笑得弯了腰,"你瞅瞅年头多改良，旱地上冒出爷们儿来了。"

"我是说，我是说……"朱七忙着又说。

"有嘛事，你就冲着我说吧。"

"是是是这么回事，有个牛小丑，要摆个烟摊，他自己不敢来见五爷……"

朱七东一句西一句地对那女人说着，那女人压根儿什么也没听见，只伸长脖子往牌桌上望，时不时地还着急地插嘴："碰，碰吧，那就别留了，冤家疙瘩。"

"求五爷发下一句话，赏给这孩子一碗饭吃，该什么规矩，他一定照办……"

"一条龙！"朱七正说到要紧处，牌桌上分出胜负，门口的女人一拍巴掌："哟，五爷赢了。"说罢，还在朱七的背上拍了一下。

"您，您说什么？"朱七懵里懵懂地问。

"傻小于，五爷赢了！"

"啊啊，五爷应了，积德行善，我替牛小丑谢谢五爷了，五爷应了，五爷答应了。"朱七高兴得手舞足蹈。他万万没有料到，就凭着这件大褂，五爷给他这么大面子。洋洋得意，朱七转身往楼下走，一路走着还一路叨念："五爷应了，五爷应了，五爷答应了。"

走出世界饭店，牛小丑正在门外等着呢，三步并作两步,牛小丑跑上来,迎面便问:"五爷说嘛了?"

朱七深沉地咳嗽了一声,缓缓地将大褂铺展平整,这才慢条斯理地对牛小丑说:"可费大劲了,五爷正和官面上的人说着话,看见是我,愣把官面上的人打发走了。"

"多亏了您,我们哪进得了这地方。"牛小丑缩着肩膀畏畏葸葸地说着。

"我先和五爷提了点闲话,看着五爷今日高兴,我这才把你的事往外露……"

"五爷怎么说?"牛小丑瞪着眼睛问。

"五爷应了,痛快!"

"哎呀,牛小丑给您磕头了,您老是我的救命恩人呀!"说着,牛小丑又冲着朱七跪了下来,昏暗的灯影下,牛小丑已是满脸泪痕。

"快起来,快起来,宝贝儿,日后精精细细做生意,处处留心,多磕头少说话。"

"牛小丑记着,牛小丑记着。"

牛小丑谢过朱七之后,挎着他的大盒子走了;朱七站在世界饭店门口,心中颇是畅快,这一天过得痛快,处处受人敬重,进了大饭店,见了大世面,足以令人终生难忘,大褂呀大褂,可真是件好东西也!

"哟,这不是朱七哥吗?"

突然间，一个穿着黑色警察服装的弟兄站在了朱七的面前，他先是给朱七敬了个举手礼，抬头看看朱七的大褂，看看朱七身后的世界饭店，目光中闪出了莹莹的亮斑。

朱七吓了一跳，他知道这门楼子外面不是自己站的地方，忙闪身往旁边躲避，抬起头来，他认出了对面站着的警察，他是南市大街派出所的刘尚文。

"刘副官！"天津卫的老百姓称警察为副官，俗称为副爷。无论是刑警、民警还是交通警，一律比老百姓高一级。

"从这里边出来？"刘尚文问朱七。

"找个人。"朱七回答。

"行，混得不错。"刘尚文满面含笑地说。自从朱七认识刘尚文，有生以来，这还是头一遭看见刘尚文冲着自己笑。朱七打了个冷战，他担心这笑容不怀好意。

"马马虎虎。"朱七似是漫不经心地回答。他心里明白，穿上大褂，长了三分成色；站在世界饭店门口，又涨了七分身份。现如今他只要一招手，立时准会有小汽车开过来。

"我早就料定朱七哥不是凡人。"刘尚文献媚地说着，"走，赏兄弟个脸，所里去坐会儿，今晚上我值勤，一个人腻烦。"

"我，我还有事。"朱七挣扎着要回家，刘尚文连拉带扯，不多时便将朱七拉进了南市大街派出所。路上，刘尚文从一家小铺里拿了一瓶酒,又去酱味房要了一包猪头肉。朱七头一茬酒劲刚下去,如今又有了酒,身不由己,他乖乖地陪着刘尚文又喝上了二茬酒。

"夜里在所里值勤,你也好辛苦呀!"三杯美酒下肚,朱七对刘尚文说着。

"嘻,轮不上。"刘尚文怨天尤人地说,"好不容易,才给咱排了一班,这肥差轮不到咱的头上。嘛事瞒不了朱七哥,这值一次夜勤,好歹不是能找点'外快'吗?"

"不就是一瓶子酒,一包猪头肉吗?"朱七指着桌上的酒瓶子,不屑一顾地说着。

"若光是这么点油水,人家就光排我值夜勤了。"刘尚文诡谲地笑了笑说,"过会儿到了丑末寅初时刻,查店,那才见油水呢。朱七哥,今日算你赶上了,一会儿随我去查店,嘛稀罕都堵得着,一位阔太太,咱别提是谁,吃斋念佛的,你猜她干嘛?让我在店里堵上了,咯咯,咯咯咯……"说着,刘尚文放声地笑了。

"我去凑这份热闹?"朱七站起身要走。

"咦,瞧你这人,人家好心拉把你吧,你总往下出溜,你就充是局子里的人,也给我壮威,我亏待不了你,朱七哥。"

4

丑末寅初,后半夜三点,这时刻突然去查店,什么偷的抢的嫖的赌的卖鸦片的贩黑货的,一切一切见不得天日的东西,全堵得上,尤其是在南市大街的客店里,没有查不出事儿的时候。如此,参议会的副议长程一村先生才呼吁要彻底改造南市,程一村先生才发誓要以圣人之道教化不治之地,才要以德兴天津。

何以天津卫的歹人们都要到南市大街的客店来做坏事?南市大街的客店不住常客,三天两日人来人往,谁来了也碰不上熟人儿。国民饭店、皇宫饭店常年住着大经理、大买办、舞女交际花,人五人六的出来进去没有不认识的。来到南市大街客店,大总统微服私访,依然是客房里有臭虫;越狱的逃犯充警察总长,也没有人查对。

一介派出所的小警士,丑末寅初时刻查店,不外是找点外财,马不吃夜草不肥嘛!查哪间房,不查哪间房,店家会给你暗示,蹚错了道,惹出娄子,吃不了兜着走。三年前一个警察夜半查店,像没脑袋的苍蝇,一步闯错了门,没等出客店便被几个人追上来,愣往嘴里塞了个大药丸,从此那个警察再也说不出一句话来,哑巴了。

刘尚文是只老狐狸,世界饭店门外看见穿大褂的朱七,他当即在他身上打了主意。

世界饭店,有袁五爷常年包着房间,店风古朴,住店的全是颜回子路,除了袁五爷一个人搓麻将外,其他人全读《春秋》,用不着小警士刘尚文去查店。鸡毛小店,住的全是乞丐贫民,百多人男男女女挤在一个大通铺上,全店搜不出来两元钱,且又是满屋的虱子臭虫,一股尿臊味,也没个查头儿。穿上虎皮,带上绳子哨子棒子棍子,身后走着朱七,刘尚文于丑末寅初时刻来到了南市大街不大不小不贫不富的东方饭店。

店主将刘尚文和朱七迎进东方饭店,让过坐,敬过茶,点过烟,问过寒暖,朱七明明看见一个小红纸包塞在了刘尚文的衣袋里,朱七的心里为之一震,他多希望此时此际刘尚文能向店主介绍说这位朱七哥是局子里的人,那时店主岂不也要孝敬自己一点意思?但开店的鬼,他只认老虎皮,对于陪同的朱七,他连问都不问。

"这是登记簿,请刘副官过目。"店主将旅客登记册呈送上来,刘尚文一边心不在焉地翻看,一边听店主介绍情况,

"多是些西北来的老客，贩纸烟，也不知怎么一阵风，这'大前门'到了西包头、察哈尔是有多少卖多少，行市看好，偏偏天津烟厂'绷价'，就是没有现货，老客们急得红了眼，您瞧二楼九号房那位爷已经住了半个月了。"

突然，刘尚文的目光停留在一个名字上，他指着旅客登记簿问店主："怎么一个单身女人住店！"

"说是唱玩艺的，从北京来。"店主回答。

"这得盘问盘问。"刘尚文说着，还向着朱七问道，"朱稽察看要不要盘问？"

"哟，这位是稽察大人，久仰久仰。"店主忙过来施礼，但是没塞小红包。

"是要盘问盘问。近来街面上常有单身女子行骗，装作是良家妇女，哭哭啼啼地说是外出回家没盘缠，弄好了，一天十来元呢。"

"那，我给二位引路。"说着，店主在前面引路，刘尚文和朱稽察随之上了二楼。

嘭嘭嘭敲开房门，迎出来的是一个20岁才过的俏女子，眉清目秀，很有几分姿色。她不慌不忙，丝毫不为夜半有人敲门惊慌，看来是个见过世面的人。

"查店。"店主向年轻女子说着。

"几位爷请吧。"年轻女子将刘尚文、朱七迎进客房，屋内倒不见有什么异象,的确是个浪迹天涯走江湖的艺人,随身带的东西不多,也没什么值钱的东西。"小女子姓鲁,叫桂花,艺名叫小桂花,原以先在北京也算得上是个角儿,皆只为和地面上的人闹了点纠纷,我又不肯服软,因此上就来到天津,这不是吗,才在上权仙上了两天戏,还没唱出人缘儿,二位爷赏脸,明晚我给您留个厢。"

刘尚文没心思听小桂花唠叨,一双眼睛只在房里巡视,确确实实没有私货,也没有鸦片烟灯,巡视了半天实在找不出可以敲竹杠的借口,干咳了一声,只得问道:"有保人吗?"

"瞧副官问的,小桂花初来天津,两眼一摸黑,说有保人,二位爷就是我的保人。"小桂花说着,朱七又是明眼看见,她也往刘尚文的口袋里塞了一张票。

"稽察大人还有什么盘问的吗?"刘尚文拉着长声问朱七。

"好好在南市混事由,少惹是生非。"朱稽察摆出十足的官架子吩咐。

"哎哟,这位是稽察大人呀,小桂花初来天津,还没顾得上去给您请安,请稽察大人赏脸给小桂花留张片子,明日我一准去府上拜望。"

"我没带片子。"朱七说罢,回身就要走。

"不能就这样走,"小桂花追上来拉住朱七胳膊,"我说丑末寅初是个好时辰，您瞧，怎么就有缘分认识了稽察大人？见一面就是十年的交情，稽察大人，明日我一准给您留个厢，戏码还由您定。说定了，您若是不赏小桂花这份脸，我上警察署给您下跪去。"

"使不得，使不得。"朱七推开小桂花的手，匆匆地就往外走，"我明日一准去上权仙，戏码还是您定吧。哪出我都没听过。"

小桂花一番甜言蜜语将刘尚文、朱七打发出来，刘尚文将手伸进衣袋不知去摸什么，朱七心中暗自盘算，看来明日还得跟胡九爷去说情，这件大褂还得再借一天。

"嘭嘭嘭！"突然，刘尚文拍响了一间客房的门，店主刚要过来说什么，刘尚文扬手将他推到了一旁。

客房里传出一阵骚动，明明是在藏什么私货。紧接着，刘尚文又用力地拍着房门，朱七可吓得躲在了一旁。"你带盒子炮了吗？"朱七悄声地向刘尚文询问。

"查店，快开门，再不开就踹啦！"刘尚文在房门外大声喊叫。

"副官，等等，就来就来，哎呀我的鞋呢。"客房里也传出了大声的喊叫，这里里外外的一片嘈乱，立时就惊醒了附近的几间房客，一间房一间房相继亮了灯。

过了很长时间很长时间，客房的门才拉开，刘尚文一步迈进去，恶汹汹地质问："磨磨蹭蹭的，藏什么私货了。"

"副官，副官。"客房里的男人鞠躬哈腰地连连向刘尚文敬礼，"小意思，小意思。"他高高地将贿赂送了上来。

"叭"地一声，刘尚文将贿赂的钞票打在地上，"你少来这套，查！"

"副官，副官！"客房里的男人慌了，他堵在房门口不让刘尚文往里走。

灯影下，朱七一眼就认出来，客房里的男人是南市大街有名的无赖，坑蒙拐骗的老手范六，范六患沙眼，一对红眼泡，人们称他是瞎老范。瞎老范在南市大街专门卖假货。假手表，将一只手表戴在手腕上，被一个讨赌债的人抓住，当场讨债。瞎老范一文钱也没有，再三求情不答应，摘下手表抵债，债主又不要，哪位爷好歹给个价，认倒霉了，于是便来了个倒霉蛋，将瞎老范的手表买走了，回到家再看，不走了，只有表壳是新的。有一次瞎老范将一件皮袍搭在肩上，悄声地问一个逛南市的老客："小货。"小货者，来路不正之货物也。"一位爷忘在洋车上的。等了三天没来认，我也不认识是嘛皮子。"老客一看，"嘻，真是少见识，这不是火狐腿吗？"随便给了个价钱，成交了，穿到家，高高兴兴地对老伴说今日可买着便宜货了，脱下来一看，老光板一条，毛呢？一路上掉光了。

瞎老范的家就住在南市大街西口，离东方饭店不过一百步，这小子吃饱了撑的，跑出来住店干嘛？朱七跟在一旁正在暗自琢磨，刘尚文早一把将瞎老范推开，三步两步便闯进了屋里。

"啊！你倒卖纸烟！"刘尚文一声大喊，呼啦啦门外便围上来许多住店的客人，大家一齐伸长了脖子往里看，客房里面，大前门香烟，一箱一箱，足有一百多箱。

"莫怪烟厂里没现货，全让他一个人鼓捣出来了。"急着买纸烟的老客们在门外议论。

"真是青天父母官，就将他的烟没收。"又一个看热闹的老客议论。

瞎老范被刘尚文查出了私货，立时便似泄了气的皮球一般，打蔫了。

"你懂得烟酒专卖吗？"刘尚文声色俱厉地质问瞎老范，那神态活赛是阎王爷。

"小的犯法、小的犯法。"瞎老范哆哆嗦嗦地回答，"愿打愿罚，随副官发落。"

"光处罚就完了吗？得让你明白明白道理。稽察大人说呢？"刘尚文向朱七问着。

"是，是呀！"朱七也迈上一步说着，"烟酒专卖，多少年的法律。零商贩烟不得过 50 条，批发转卖要有执照，你有执照吗?"朱稽察虽然是这样地教训瞎老范,但他没敢抬头。他暗自估计,这许多年在南市大街混事由,瞎老范未必不认识自己。

"稽察大人教训得对,高抬贵手,小的下次不敢了。"瞎老范到底是瞎,他还真没认出来这位稽察大人是由朱七哥扮演的。

"走,跟我上局子去趟。"说着,刘尚文解开绳儿就要拴瞎老范,一时之间瞎老范慌了手脚,他一迭连声地求饶:"副官,你就放我这一次吧,这烟我不要了还不行吗?"

"稽察大人,"客房门外围着的西北老客涌到朱七面前,七嘴八舌地给他出主意:"这事也难怪,这年月干倒把生意的多着呢,也别太难为他,饶他这一次,这些烟呢,卖给我们大伙儿,我们可都有执照,您瞧。"说着大家将贩烟的执照纷纷掏出来给朱稽察看。

"刘副官,我看这样吧。"朱七扬声对刘尚文说,"也别太难为他,他也不容易,知错改过就完了,家门口子的低头不见抬头见。我看就依了大家的主意,这些烟就地卖出,不能按市价,要按进货发行价,卖烟的钱咱局子也不要,由他收回,今后呢再不许倒买了。"

"朱稽察圣明!"门外的老客们立时表示拥护,瞎老范自然也感激得不得了,这次他真往朱七怀里塞了张票子,刘副官没表示反对,几十位老客一拥而上,你十箱我八箱地不多会儿时间就把瞎老范的烟分光了。

"给我留一箱。"人群外一个小孩钻进来,朱七一看,是牛小丑。这小子真机灵,昨晚上刚给他在袁五爷面前求下个摊位来,还未及天明,他就凑进来抢便宜货买了。

"小毛孩子起的什么哄!"刘尚文闻声过来,一脚踢在牛小丑后腚上,险些把牛小丑踢个嘴啃泥。

这时,买烟的老客们一个个都心满意足地乐了,他们买到烟不往客房里搬,当即叫来洋车就往火车站发货,有忙着回家的还立时就退了客房、打点行装,他们要回家了。

"二爷,您给说情卖给我一箱吧。"牛小丑一骨碌从地上爬起来,拉住朱七的大褂过来求情,朱七看他可怜,转身对刘尚文说:

"要嘛,就把剩下的那箱卖给他。"

"倒霉孩子,我告诉你少起哄你偏不听,说不卖你就不卖。"刘尚文不知为什么就是不肯把剩下的那箱烟卖给牛小丑。

"二位副官,瞎老范告辞了。"百多箱纸烟按发行价卖出去,瞎老范点好了钱,向刘尚文、朱七施过礼,他要离店了。"改日我请二位爷下馆子。"说着,瞎老范走出了客房。

"那儿还有一箱烟呢。"朱七提醒。

"不要了。"瞎老范大大方方地说，"让这孩子扛走吧，烟钱您二位平分。"

就这么着，牛小丑扛走了最后一箱大前门香烟，按出厂发行价，牛小丑付了钱，刘尚文留个整，朱七要个零头，这捉拿私贩香烟的一场纠葛，就算了结了，看看表，已四点整。

　　"扑通"一声,正在刘尚文、朱七由店主陪同往饭店门外走去的时候,就在三楼下二楼的楼梯拐弯处,一个惊慌的姑娘栽倒了在楼廊里。

　　"哎哟,这可怎么说的。"店主惊呼一声,跑上去,他是害怕客店里出人命,忙蹲下身子将少女抱起来。朱七热心肠,且他又素日学会了许许多多按摩、拿环、揪瘊子之类的杂八医术,忙跑过来伸出食指用力地掐着姑娘的人中,过了许久,姑娘才喘过一口气来。

　　"这姑娘叫秦丽。"店主向刘尚文介绍说,"昨日晚上来的,说是济南的学生,在天津换车去西安。"

　　"血!"突然,朱七喊了一声,刘尚文顺着朱七的目光望下去,姑娘的衣裙上、腿上手上果然沾满了鲜红的血迹。

　　店主吓得打了个寒战,他仰头望望刘尚文说:"莫非她犯了人命案?"几个人一起转身望去,楼梯上滴滴地留着血迹。刘尚文到底是办案的老手,顺着血迹追过去,追查到一间敞着大门的客房前，大喊一声"不许动，举起手来！"闯进去，惊得朱七全身哆嗦，不多时刘尚文从屋里走出来，什么也没有。

"秦小姐，你醒醒！"三个人将姑娘扶进她原来住的客房，店主摇着秦丽的肩膀呼喊。朱七跟着刘尚文在屋内巡视，床上乱乱糟糟，床单上有血迹污渍，桌椅横倒竖歪，明明是发生过一场格斗，而且，被子里还有一条领带。朱七望望刘尚文，心中似有所悟。

"你瞧，这姑娘来天津，坐的还是特等车厢。"刘尚文从桌上抬起一张火车票，瞧了瞧，对朱七说。

一个单身的女学生，此时又在放暑假，由济南经天津去西安，必是去看望亲戚。乘的是特等车厢，比普通硬座车厢的票价贵三倍，要么家里是个老财，要么是爹娘怕女儿一个人出门不安全，坐在特等厢里的都是有身份的体面人，不致于出意外。火车到天津，要明日才能去西安，一个单身少女如何要到南市大街来住店，而且住在店里，夜半就闯进来了一个系领带的男人……

"朱稽察，天时不早，咱该回局子去了。"刘尚文眨眨眼，提醒朱七该走了，朱七懵里懵懂，心想这眼前出了案子，你刘尚文明明是官面上的人，却偏偏装作没看见，太黑了。

"刘副官，您老可不能走。"店主慌了，他将身子横蹲在客房门口，目光中闪动着那么可怜的神态，"朱稽察也看见了，这可是跟开店的不相干。秦小姐，秦小姐，是怎么一档子事，你可当着两位副官的面说呀！"

"我走，我走！"秦丽终于苏醒过来了，她看看眼前的陌生人，看看客房，挣扎着身子站起来，拼命地往门外冲，但没容她迈出房门，又全身瘫软地跌倒了。

"秦小姐，有话你说，有二位副官在，丢了钱财帮你找，受了欺侮咱们去告官，那人什么长相？多大年纪？有这条领带就好办。二位副官你看，秦小姐的指甲尖上有血，必是抓了歹人的脸，趁着脸上的伤，赶紧查访！"

"呜呜呜……"秦丽双手蒙着脸悲痛万般地哭了，她哭得全身颤抖，几乎憋过了气。

朱七心软，忙倒了一杯水送到秦丽面前："这位小姐你先喝口水，别光哭，只要你在那个王八蛋的脸上留下了伤，有刘副官在，准能把坏人抓到，你说话呀！"

"朱七！"刘尚文发火了，"有你小子嘛事？你不走，我走！"说着刘尚文又要走。

"刘副官，你可太不仗义了！"店主也火了，他掐着腰站在刘尚文对面，横眉立目，"别逼得我说出好听的来，这多年来东方饭店没慢待了几位副官，天知道地知道，我知道你知道，节骨眼上你溜号，别怪我不义气，找个地方我就把这些不是人干的事全抖出来。我嘛也不怕,闹完了,我还开我的店,就怕有那号狗娘养的就要丢饭碗。"

"我走,我去西安!"秦丽姑娘只是捂着脸哭,一迭连声吵着要去西安,这个哑巴亏自己吞在肚里,赶紧逃出这个鬼地方。

"小姐,有话你得说,你不说明白,我也不放你走。"店主逼着秦丽把事件原委对刘尚文说清楚,只是秦丽仍然不肯说。

"事情不是明摆在这儿了吗?"刘尚文在店主的威胁面前,再不能溜号了,"这位小姐必是身子不方便,我看休息一天,明日早早地乘车去西安吧。"

刘尚文精明,他将秦丽小姐身上的血、客房床上的血全归到身子不方便上来了,店主心领神会,马上扶秦丽躺在床上, 然后大声地说道:"有朱稽察在场, 事情可都看在眼里了,这位小姐是位女学生,夜里住店来了不方便。"店主的话是向着围在门外的人们说的。其实人们不过是看看热闹,他们才没兴趣追询事件真相。只是,突然间众人一起打了个冷战,"嘭"地一声,眼前突然一片贼亮,镁光灯一闪,不知是哪家报馆的记者混了进来,冷不防拍了张照片。

"这是谁?"刘尚文火了,他大步从屋里跑出来,恶汹汹地喊叫:"这是谁?这是谁?"只是声音一声比一声远,一声比一声微，傻朱七还在客房里等着，刘尚文早溜得没了影儿。

朱七已经感到此事不可儿戏，便借故出来寻找刘尚文，急匆匆跑出客房，"刘副官，刘副官。"拨开围在门外的众人，朱七一路招呼着一路往外跑，冲下楼梯跑出东方饭店，他才发现自己的衣服已经全湿透了。

朱七没有去派出所找刘尚文，他一阵急急令快如风，不多时便回到了家中。

"缺德的，这一夜时间你干嘛去了？"宝儿娘见到朱七，迎头便是一顿臭骂，"披了件人皮，你这是往哪儿充大尾巴鹰去了？"

"哎呀，宝儿娘，我可开眼界长见识了。"朱七一面脱着大褂儿，一面急着将自己这一夜的见闻讲给妻子听。"这么多年，天天在南市大街混事由，只看见人山人海闹闹嚷嚷，忍的是孙子气，吃的是猪狗食。这南市大街到底为嘛这么热闹，这热闹里面又是些嘛把戏，咱是一概不知。这一穿上大褂儿，人物了，咱这才真来到了南市大街，进了世界饭店，那个亮呀，全是女的，好几个女的包着一个老爷们儿，袁五爷咱也见着了，立在南市大街，一跺脚满街乱颤，大娘们儿把他一围，也是瘫成了一团泥。嘛叫找五爷求地盘？你说了半天，他嘛也没听见，手气好，一把满贯，赢了，你就顺着声喊'应了'，面子就算求下来了，没白跑腿，两元钱。"说着，朱七将牛小丑塞在他口袋里的钞票掏了出来。

"早知道穿大褂儿能赚钱,咱早攒钱买一件了。"宝儿娘接过钞票,喜滋滋地说。

"还有热闹呢。这些事,不穿大褂儿,你根本看不见。"接着朱七向妻子述说了被刘尚文拉去查店的种种情形,他讲了鲁桂花今晚约他去捧角,又说了瞎老范倒卖纸烟被处罚当场拍卖,最后他又讲了女学生秦丽。"你琢磨琢磨这个理呀!山东济南府的一个单身女学生,她怎么会来南市住店?必是有人领来的。谁领来的?人家女学生就是不说,可她是坐特等车厢来的,谁能坐特等车?满天津卫昨天总共有几个人从济南府坐火车来的?这还不好查吗?准是个大人物,官面上的,大经理,反正是这个洋学生在火车上认识了一个够份的人物,这个人物还一嘴的仁义道德,洋学生就信了他,到天津这个大人物就给洋学生找了个客店,夜半三更他又摸进来把人家洋学生糟踏了。有嘛证据?满身是血呀,这不缺德吗?你又有钱又有势,嘛样的天仙弄不到手?可这小子就是要糟踏人家洋学生,这个洋学生长得也甜,跟大电影明星一样。这案子好破,女学生把这个王八蛋的脸抓破了,只要见着脸上带伤的,你就抓住往局子里送,挂出幌子来了,还不好认吗?"

"别瞎白活了,有你的嘛事呀!"宝儿娘嗔怪丈夫说,"一宿没合眼,快歪在床上歇会儿吧。下晌还得挣去呢。"

朱七在妻子的照料下躺在炕上,才要合眼睡觉,抬头一看,妻子早把大褂折叠好,正挟在腋下往外走呢。

"你干嘛?"朱七问。

"给胡九爷送大褂去呀。"妻子答道。

"别,别。"朱七支棱坐起来阻拦,"今晚上还得穿呢。你没听说人家小桂花在上权仙给我留包厢了吗?穿小裤小袄怎么去?"

"可昨日和胡九爷说定只穿一天的。"

"嘻,他没来要,你别拾那个碴儿。我晚上去给小桂花捧角儿,她能白让我辛苦吗?"朱七比比划划地对妻子说。

"唉。"宝儿娘终于无可奈何地回来了。"明日可一准要给胡九爷送回去了,这大褂可不是咱穿的,这就和龙袍一样,没那份造化要惹事的。谁不盼着堂堂正正地做个人呀?可咱命里注定是人下人,千刀可别想知道大人先生们大大都在变什么戏法,没咱的事。变出风来,咱是吃窝头稀粥;变出火来,咱是吃稀粥窝头。人家的戏法不是为咱们变的,咱们眼不见心静,见识多了眼杂,听得多了耳朵根子杂,水流千遭归大海,咱们不舍下一张脸皮,不卖出一身力气,这世上就不养活咱。朱七,你可别猪八戒带髻口,愣充黑脸千岁。"

呼噜呼噜,躺在被窝里的朱七已经睡着了。

到上权仙大戏院捧角，朱七用不着这么早就来到南市大街。小桂花刚刚登台，演不上压轴戏，虽说不演"帽儿戏"，至晚也要排在三四出。上权仙晚七点半开戏，《跳加官》《拾玉镯》，轮到小桂花出台唱《起解》，最早也要到九点钟。

伸长脖子往大店铺里张望,墙上挂的大表指的是六点半,时间太早,便慢慢地在街上转悠,东瞧瞧西望望,依然享受穿大褂人士的待遇,所到之处都远接高迎,明明是个人物。

"朱七爷。"走着走着,忽然听见背后有个小孩儿招呼自己,朱七回头一看,原来是摆烟摊的牛小丑,这小子真机灵,也不知他怎么就知道了自己姓朱,而且大号老七。

"呀哈,小丑,买卖行吗？"朱七问着。

"托七大爷的福,头天出摊,不瞒七大爷,赚了,这南市大街真是块肥地呀！"牛小丑满面春风地说着。

"还能不赚钱吗？发行价买了 20 条大前门,零包的卖。"朱七想起昨日夜半牛小丑钻进东方饭店强买香烟的事。

"七大爷说那 20 条大前门呀！"牛小丑左右瞧瞧,见附近没有什么人,这才又踮着双脚凑到朱七耳边悄声地说,"全是'捂烟'。"所谓的"捂烟",就是受潮发霉变质的烟。

"啊？"朱七不由得打了个冷战，"瞎老范卖的那几百箱大前门……"

"全是'捂烟'。"牛小丑神秘地对朱七说，"这事瞒不过我，别看我才15岁，这南市大街连玩带转的也七八年了，嘛鬼吹灯的戏法我都知道。瞎老范从烟厂买出二百箱'捂烟'，本来这些烟都该点把火烧掉的，他就一文不值半文地买出来了，这'捂烟'不能卖呀，他就雇下小工子在他家里换盒，把烟盒换成新的，再包成条，再封成箱，神不知鬼不觉地就成了好烟。谁给他换的盒？我。所以我早就知道他瞎老范要坑人。换完盒之后，又往东方饭店运，夜半三更鸡不叫狗不咬的时候，我一琢磨，明白了，东方饭店不是住着一帮等着买烟的老客吗？对，他准是想坑这帮老财迷。"

"可是，刘副官查店……"朱七傻了，他闹不明白这其中的奥秘。

"那是他们串通好了唱的红白脸。"牛小丑给朱七解释，"人家买大前门没货，你成箱地运来卖给大伙，有人信吗？所以呀，半夜三更就来个查店的，一脚就踢开了瞎老范的门，一进门就抓住了黑货，两个人吵吵闹闹地把老客们都吵醒，当场拍卖，你想想，这不就出手了吗？老客们又不当场抽，立时马上雇车送到火车站发货，这台戏不就唱圆了吗？"

"可刘副官还拉着我……"朱七又问。

"刘副官满南市大街正想找个穿大褂的体面人物呢,全穿小袄短裤,若是有人怕上当呢？有位穿大褂的人物在场,再上当,人们也心甘情愿。朱七伯,他们没分你好处吗？"

　　"我,我嘛也没捞着。"朱七摊开双手说。

　　"刘副官太黑了,瞎老范至少要分给他一半,您那份儿在刘副官手里了。"

　　"明知是假货,你怎么还抢着买呢？"朱七实在琢磨不透此中的道理,依然在追问。

　　"许他大坑,就许我小坑。"牛小丑理直气壮地回答着。

　　"你小子可是卖零盒。"朱七说。

　　"哎哟,七大爷,这才看能耐了。有人来买大前门,一看是位爷,老老实实送上一盒真货;再一看,傻帽儿,没来过天津卫没逛过南市大街,没抽过大前门,今日要破费破费摆摆谱,爷们儿,来这盒吧,他点着了一抽,咧咧嘴,有股怪味儿,哟,二爷,这叫新配方,天津卫大前门就有这么一股邪味儿,开口胃去吧您哪！"牛小丑说罢,洋洋得意地笑了。

　　"你小子真不是东西。"朱七听明白了来龙去脉,半是玩笑地骂着牛小丑,"你七爷这么多年没学会的缺德能耐,你初来乍到就玩熟了,谁若是说中国没前程,我跟他拼,你就瞧瞧我们这下一茬宝贝儿,比上辈儿更不是玩意儿。宝贝儿,你小子就这么长吧。"说完,朱七转身走开了。

"朱七爷。"背后牛小丑追上来，他将一盒大前门香烟塞在朱七手里，"您带着，这可是真的，穿这件大褂儿，抽大前门，南市大前街，您老横趟吧。"

朱七似是怪不情愿地接过香烟，他瞧着牛小丑的一脸坏笑，说着，"快干你的生意去吧。"

"朱七爷，别忘了去刘副官那儿要你那份儿'好处'。和他们不能客气，你不伸手，他们决不会把你应得的那份给你，无毒不丈夫呀！"

说罢，牛小丑走了，朱七心里乱糟糟地沿着南市大街往上权仙走着，唉，原以为穿上件大褂得了便宜，其实是被人要弄干了件不是人的事。原以先做人下人的时候，总盼着有一天能体体面面地做个人；轮到真借了件人皮披在身上，朱七这才发现自己变得不是人了。合伙地糊弄人、欺侮人、坑人骗人，一件人皮就成了一块招牌，人们心想这位爷穿着大褂儿，他怎么会骗人呢？还跟着警察，口口声声地喊着"朱稽察"，原来这是姜太公钓鱼，用的是直钩，缺德呀！朱七发誓，有朝一日，即使朱七有了属于自己的大褂儿，他也绝对不做亏心事，绝对不靠大褂儿糊弄人。

"买报瞧，买报看，天津卫的新闻有千千万。"迎面，一个报童摇着手中的晚报，一路喊叫着跑了过来："快来瞧，快来看，天津卫的新闻有千千万。哪哈，女学生到了天津卫，南市大街住了客店,夜半三更一声响,床底下钻出来英雄汉。"

朱七听着,噗哧笑了,明明是床底下钻出来大坏蛋,却要说是钻出了英雄汉,南市大街不是骂闲街的地方,半句话说得谐了音,立即有可能付出一条腿的代价,幸亏祖先给我们创造了如此丰富的同义词。否则还真要难死了小人物。"买张报!"破天荒,朱七买了张晚报。

果然,报童满街吆喝的那条新闻,正就是朱七昨日在东方饭店亲眼所见的那件事,虽然朱七识字不多,经过报棍子渲染过的这桩事件,添枝加叶的许多耸人听闻之处,连猜带蒙,总也明白了一大半。该女学生不肯披露芳名,蒙面呜咽不止,据警方人士推测,当为被歹人蒙骗,天良安在,本埠名声安在……嘛叫安在,朱七猜想一定是安装在什么地方的意思,把天良安装在什么地方了?是应该问问干缺德事的人,准是把天良安装错了地方。哟,这儿还有,国民参政会程副议长南巡归来,紧急向报界呼吁匡正世风,程副议长有志于治理南市秩序久焉,此次一定要督请市政当局将作恶歹人逮捕归案云云。这"云云"是嘛意思,朱七仍然闹不明白云云,一层云彩又一层云彩,明白了,莫怪阴天呢。

来到上权仙,刚刚敲头遍锣,对楼上的伙计说是小桂花老板留的厢,伙计鞠过躬,转身引路,拐弯抹角,在二楼偏东一个后排包厢里,朱七落了座。看看正包厢、中包厢里面摆了茶壶茶碗干鲜果品，看看自己这个包厢，嘛也没有，知道小桂花牌不靓，这个小偏厢还是自己掏的钱，知足了。倘若不是这件大褂儿，朱七还真不敢进上权仙，所以今天与其说是朱七看戏，不如说是大褂儿看戏，朱七沾了大褂儿的便宜。

不过也还有既属于自己、又给自己抬成色的东西，一是大前门香烟，整盒地往机上一摆，伙计的眼睛里都跳出亮光；二是那张晚报，压在大前门烟盒下边，伙计送上来的茶壶，没敢往报纸上放。

正襟危坐，朱七第二次体验到这大褂儿可真是好东西，戏园墙上贴的广告，一个白胖胖的婴儿，下面两行字，世上什么事最痛苦？婴儿没有母乳最痛苦，请服催奶灵；还可以再贴一张广告，上面是朱七的全身像，下面两行字：世上什么事最幸福？大老爷们儿穿大褂儿最幸福，请向胡九爷借大褂。

两折"帽儿戏"，中厢正厢还没有来人，满戏园嘈嘈乱乱没有人听，只有朱七一个人全神贯注尽情欣赏，好，玩意儿绝，地道，味足。这两出小戏，朱七听过，只是没看过演出，老门户之间，断断续续，听胡九爷唱过一段，听九嫂子哼过两口，九疙瘩叫过板，秃九念过白口，串起来也是多半出，今日由一个角穿着行头画着脸从头唱下来，才知道胡九爷。九嫂子、九疙瘩、秃九全是不沾边。

终于，戏园里安静下来了；终于，中厢正厢也上了座。天哪，朱七这才看见自己仅凭一件大褂儿一盒大前门一张晚报坐在这儿，太寒碜了，正厢中厢，少爷穿着西服，老爷穿着长衫，虽说也是大褂儿，但看着比自己的大褂儿成色高，太太小姐更是珠光宝气，全身闪着亮光，一阵阵香气袭来，朱七羞得不敢抬头。

舞台角儿上走出来一个伙计，抬手将挂在台口的戏报翻过去一页，大张的花纸，斗大的字：小桂花·《女起解》。

"好吧！"朱七放开嗓子喊了一声。

这手活，他干过，这就叫喊碰头好，原来穿小袄短裤，没辙的时候，也被拉去给角儿喊碰头好，一出戏下来，分个"四旗"的份子，一元多钱。如今情不自禁，放开嗓子就叫唤，喊完之后出一身冷汗，忘了自己是坐在包厢里，而且穿着大褂儿，还有一盒大前门香烟，一张晚报。不合身份，天津卫说是"不合窑性"。转着脑袋左右瞧瞧，没有任何反应，众人好像什么也没听见，没有欣赏没有厌恶没有惊讶没有责怪，没有人将他朱七放在心上看在眼里，虽说穿了大褂儿，坐在真应该穿大褂儿的人圈里，你原来是嘛，此时还是嘛，休想打马虎眼。

"你说你公道，我说我公道；公道不公道，只有天知道。"崇公道出来四句上场诗念罢，"苏三，行动着呀！"随之，后台传出来一声"苦——呀——"嗓音柔细，似行云流水，如泣如诉,是以让人感到是一位名角儿。一阵锣鼓家伙点声中,苏三上场,小碎步,舞姿优美,定场、亮相,小桂花的目光先向台下瞟视,然后举目向二楼包厢望去,有分教,这是暗示众位听众不可造次,捧角儿的人物在二楼包厢里坐着哪。朱七心领神会,这次斯文,没有叫好,学着体面人物的派头儿,拍着双手,鼓掌捧场。只可惜掌声稀疏,没有任何反应,看看左右包厢,老爷太太少爷小姐们依然谈笑风生,嗑瓜子削苹果皮,没有一个人往台上看一眼。俯身看看楼下散坐,更是鸦雀无声,不是全神贯注,似是全屏住了呼吸,没有人鼓掌,没有人喊好,活将个小桂花"晾"在了台上。

"苏三离了洪洞县……"小桂花吃了定心丸,有朱稽察在楼上坐镇,自己只管放心地作艺,使出全身解数,唱工做工,全是炉火纯青,最难伺候的天津戏迷,没有挑出毛病。

只是台下的空气过于紧张,连送茶水、送手巾把儿的伙计似都格外当心,朱七扶着包厢栏杆往卜望,也不见有什么凶汉走动,只是觉着安宁得过了分,不像是戏园子,像兵营。

小桂花渐渐地也感到气氛有些异常了,她卖力气本来可以"捞"好的地方,台下仍是没有一点动静。她闪电般地往楼上包厢望望,她的朱稽察还在那里坐着,稳住心神,继续往下唱:

"哪一位去到南京转,与我那三郎把信传。"唱腔凄凉婉约,声泪俱下,已是十分感人。

"我上南京!"突然一个黑汉在台下散座中间站了起来,他将一只脚蹬在椅子上,恶汹汹地向着台上的苏三大声喊话,"这爷们儿上南京,有嘛话你就对这爷们说吧。"

啊!全戏园立时乱了,楼上包厢里的听众一股脑儿拥到楼栏杆处,扶着栏杆俯身往下看,台下的散座观众没有人答腔,天津爷们儿知道,这叫"闹事",存心捣乱,谁出面干涉跟谁来。

小桂花暗中打了个冷战。崇公道见过世面,忙出来圆场,他走到台口向着那位大汉一抱拳,拿腔作调地说着白口:"我说苏三呐,今日算你走运,正赶上这位爷上南京,我这里把话替你托咐到了,日后你可要重谢呀!"

小桂花自然明白崇公道的话外之音,便在台上向那个凶汉弓着双腿施了一个礼,锣鼓点场,苏三又接着往下唱。

"罢了,今日瞧在崇公道的面上,我这把茶壶不给你往台上飞。"那个闹事的黑汉大摇大摆地走到台口,指着台上的苏三大喊着,"懂得规矩吗?知道这是嘛地方吗?该烧的香你烧了吗?该拜的佛你拜了吗?放明白点,后会有期。"

说完,那个凶汉抬手将一把茶壶放在舞台口上,一甩袖子,摇晃着身子走了,直到凶汉走出戏园,楼上包厢的爷们娘们才回到座位上,喊喊嚓嚓又是一片喧闹,台下的听众也才又重新坐好,等着台上的苏三往下唱。只是台上的小桂花已经满面泪痕,抽抽噎噎,她已经唱不下去了,还要感谢崇公道,他引着苏三又走了一个过场,苏三这才又重新叫板,胡琴拉起了过门儿。在转圈的时候他凑在小桂花的耳边悄声地说:"我的鲁老板,可把我吓死了,我还当您老早拜过袁五爷了呢。"

楼上包厢里的朱七气炸了肺,早听说戏园子里有飞茶壶的事,自己素日没钱听戏,自然也没造化看飞茶壶。如今掺和到人群里来了,这才见识,原来这就叫飞茶壶,虽说茶壶并没有飞起来,但先"下栽儿"不认"式子",明日就玩真的,明明是一帮恶霸。看看台上的小桂花,朱七觉得她实在可怜,满心指望有朱稽察坐镇,没想到这位朱稽察是个冒牌儿货,明明他在台上包厢拍了巴掌,台下闹事的黑汉压根儿没将他当回事儿,但凡有点骨气,白刀子红刀子地和他拼了。唉,这地方太黑,光穿件借来的大褂儿还是一文不值。

朱七已经完全没有心思看戏了,他离开包厢,匆匆地往楼下走去,横下一条心,这件大褂儿不穿了。披着老爷们儿的皮,干不出来老爷们儿的事;穿上男子汉的行头,不能当男子汉使。呸,还不如就窝窝囊囊地做人下人去呢。从今后干干净净、安安分分,只求养家糊口也就是了。

"朱稽察。"朱七匆匆忙忙从戏园走出来,刚要往小胡同拐,谁料才下台还没卸完装的鲁桂花,一把从背后将他拉住。

"你别叫我朱稽察了。"朱七转身看见背后可怜巴巴的鲁桂花,心中也是一阵辛酸。"我若是朱稽察,刚才我早出来镇眼了。跟你明说了吧,我这件大褂儿是借来的。"

"不管你是真稽察,还是假稽察,这码头上我举目无亲,你送人送到家,救人救到底,你得帮我一把呀!鲁桂花泪眼汪汪地恳求着,那可怜的样子实在让人动心。

"我怎么帮你呀。"朱七无可奈何地说着,"要想在这地方站住脚,就得去拜袁五爷。"

"那就劳驾朱二爷领我去吧。"鲁桂花拉住朱七不放,朱七也实在不忍心就这样跑掉。

"袁五爷跟我没'面子'。"朱七争辩着说,

"他跟你没'面子'。跟你这件大褂儿还能没'面子'吗?"鲁桂花着急地说,"你只要将我领进门,别的事你就别管了,不是还没到跳河上吊的地步吗?他还能从我一个单身女子身上得什么便宜?我早把这个世界看透了,蹚着走吧。"

朱七终于被鲁桂花缠得没办法了,他知道梨园行的规矩,女艺人到南市大街拜袁五爷,要有师父引路,师父没跟着来天津,要由琴师搭桥,袁五爷从来不见单身女艺人。唉,深深地叹息一声,朱七暗自摇了摇头,没想到没想到,如今

自己竟然要去扮演这么一个角色,把一只小羊往狼嘴里送,缺德,缺德。

"今天是太晚了。"朱七看看满天的星星,对鲁桂花说,"到了这时刻,袁五爷已经找不到了,明天吧,明天无论是风是雨,我一准来。只求你日后别记恨我,但凡有一点能耐,我若是不帮助你,我不是人!"说着,朱七抡起手掌狠狠地抽打着自己的嘴巴,啪啪的声音,在空旷的胡同里荡起回声。

"朱二爷,你也别难过,咱们不是爱活着吗?这口孙子气,咱们舒舒服服,乐乐呵呵地往肚里咽;别以为死了清净,阴曹地府,阎王爷手下,小鬼们的日子也不好过。"

鲁桂花仰脸望着朱七,泪花在灯下闪动。

6

"九爷。"第二天上午,朱七早早地来到胡九爷家,满面赔笑,向他恳求再借穿一天大褂儿。第一天穿着大褂儿去给老岳父祝寿,第二天穿着大褂儿去上权仙大戏院看戏,今天应该是第三天了。

胡九爷听朱七说明来意之后,当即面色便有些难看,他老大不高兴地呼扇着鼻孔,嘟嘟嚷嚷地说道:"我早料到,一穿到身上,就不舍得脱下来了。本来么,多体面呀,走到哪里都受人待见,顺气。人活在世,不就是要个脸面吗?一件大褂,放在家里也是压箱子底儿,谁爱穿只管借去穿,我都七老八十的人,还穿这劳什子作嘛?也风光过了,露脸的事也做过了,大世面也见了,去年你胡九爷单枪匹马跑上海,穿的就是这件大褂儿。火车站上三个上海瘪三,迎面拦住我要敲竹杠,一拍胸脯,瞧瞧你大爷是谁,抡起胳膊来,啪啪啪,一人给他一个大耳光,他们愣没敢还手。为嘛?这身穿戴唬人。可是,朱七,别怪你胡九爷口冷,找地方照照自己模样,穿上这件大褂儿,你有那么大的威风吗?就算你有那么大的威风,你又打算去唬谁?前一天你借走,说是穿着给姥爷拜寿,我没拦你,好小子,有志气,人往高处走,怕亲戚堆儿里让人瞧扁了。昨日你没送回来,我没去要,年轻人好个浮文,免不了再穿上它去会会朋友,你九大爷也是从年轻的时候过来的,明白你们的心。可是到了第三天你还想穿它,朱七,我怕你出去惹事。这么多年,九大爷是看着你长起来的,虽说没个准事由,可到底是老实本分,不做亏心的事。可是常言说得好,嘛东西一变了本色,一准是想糊弄人。狗安个犄角,装羊,没安好心,准是想偷肉吃;猪安鼻子,装象,也不本分,准是想逃过八月节那一刀。你朱七凭白无故地为嘛要穿大褂儿?穿上大褂儿你就休想在南市大街挣钱了,不挣钱,你拿嘛养活老婆孩儿?你准是想穿件大褂儿冒充大掌柜,冒充钱庄大老板,冒充洋行经理,你想买空卖空,你想投机倒把,你想用唾沫粘家雀,你想挂'油子'引画眉鸟。朱七,你有那么大能耐吗?惹出祸来,你担得起吗?别看着别人穿着大褂儿在市面上招摇眼馋,人家既然敢穿大褂儿,背后就准有靠山,惹出事来,有人兜着;骂阵叫板,有人在背后'戳'着。盘起道来,人家是船上有板,板上有钉;论起家谱,人家上有师父,下有弟兄。朱七,你哪样比得了?不是胡九爷舍不得那件大褂儿,九爷是疼你照应你,在人屋檐下,不能不低头,老老实实做人下人。立国兴邦，替天行道，没有你朱七的事，你就好歹混碗粥喝得了，我的傻朱七。"胡九爷口若悬河，一口气说得朱七目瞪口呆，若不是烟袋灭了，胡九爷还能再说两个钟头。

"九爷，您老听我说，是这么回事……"朱七本来编了一套谎言，托词要去官面申办一个什么执照，但是没容他继续往下讲，胡九爷一挥手打断了他的话：

"嘛也别唠叨了，不就是再穿一天吗？你拿走；明日上午你再不送回来，我就去端你们家灶上的大铁锅。"

"九爷，明早上不等天亮，我准把大褂儿送回来，君子一言，驷马难追。"朱七指天发誓，而且他早下了横心，这是今生今世最后一次穿大褂儿了。

"罢了！"胡九爷性格爽朗，他挥手在朱七肩膀上拍了一下，顺势将朱七推出房门，"别絮叨了，快忙你的正事去吧。"

下午，朱七依然短袄短裤在南市大街混事由，今天运气不错，跑成了一桩小生意，一家小店铺三十桶油漆没卖出去，年月太久几乎快变质了，正好遇见个老客来逛南市大街，三言两语说是在乐亭县城里开棺材铺的。不买点便宜货吗？讨价还价，还真谈成了。朱七穿针引线，两头吃回扣，挣下了四五天的花销。

傍晚，朱七跑回家来匆匆吃过晚饭，穿上大褂儿再往外走，他心里可实在不是滋味了。

这算是唱的哪出戏？谁稀罕穿这件大褂儿，谁是孙子。白天穿小袄小裤，还不是照样挣钱？倘穿上这件大褂儿，那七八元钱也就赚不来了，你说说穿大褂儿怎么个美法？可如今穿大褂儿干嘛呢？穿上大褂儿去做缺德事，把一个水灵灵的大姑娘往袁老五嘴里送，不穿大褂儿，你还不配扮这个角色。唉，穿小袄小裤卖的是力气，卖的是脸皮；穿上大褂儿，卖的是良心。

摇摇头，朱七一阵心酸，刚才走出家门，妻子还好一番数落。本来嘛，本本分分的朱七，白天忙了一天活，晚上正应该喝二两猫尿，好生在家里歇歇。可如今他换穿上大褂儿往外跑，"你小子若是出去找骚娘们儿，可别怪我不给你留面子，我也不和你打，我也不和你闹，我把手指甲剪得尖尖的往你脸上挠，挠得你满脸血道道，这叫给你挂幌子，看你还有什么脸见人。"费了好多唇舌，朱七才向妻子解释明白自己不是去找骚娘们儿，你瞧，我一分钱没带，我是出去帮助人成全点事，他没敢说是引见鲁桂花去见袁五爷，若是妻子知道他去干这种事，那就不光是要给他挂幌子的事了，叫来老岳爷，她父女俩活剥了朱七的皮。

来到上权仙戏院后门，鲁桂花早在胡同口等着他了。今天鲁桂花好一番打扮，油头粉面，搽胭脂搽粉画眉抹红嘴唇，鬓角上还戴着一朵鲜花，身上穿着粉红色花旗袍，白色的高跟鞋，戴着手表、戒指、耳环，明明称得上是时代大摩登。朱七远远地一看，心中暗自一震，不由得他放慢了脚步。唉，这么漂亮的女子，往大黑猪一般的袁老五那儿送，天爷呀，你把这等可怜虫送到世上来做嘛呀！

"朱二爷。"远远地，鲁桂花向着朱七招呼了一声，匆匆地便迎面走了过来。

"我看，别去了。"朱七犹豫地变了主意，"你别吃这行饭了，大伙给你凑点本钱，找个僻静地方去摆个烟摊……"

"你当那碗饭就容易吃呀？"鲁桂花望着朱七说道，"被逼到江湖道上来的，都是早试过七十二行没立住脚的人，不过就是比上吊投河还差着那么一步罢了。你想想，那把茶壶已经放在台口上了，你去也得去，不去也得去，胳膊拧不过大腿，到最后翻了脸，砸了戏园子，打断你筋骨，也还是要把你拉到火炕里。你别过意不去，就是死在他手里，我也认了。"

朱七没有说什么，只是摇头叹息，算了，自己不是想真心助人吗？只要将鲁桂花送到袁老五手里，自己回头就走，从今后自己也不和鲁桂花来往了，有怨有恨，也就两不相干了，谁让自己穿大褂儿冒充稽察呢？活该。

朱七在前，鲁桂花在后，两个人转弯抹角匆匆地走，鲁桂花问朱七道：

"这个袁老五嘛脾气？"

"嘻，这号人还能有准脾气？就是一个字，浑。"朱七没好气地回答。

"只要浑就好办，就怕他又有势又明白，那可就真要了奴家的命了。"鲁桂花到底是久经沙场的人了，她把一桩可怕的事说得好不轻巧。

走进世界饭店，拐二楼，上三楼，又是那个通亮通亮的世界，到了袁五爷处，恰好今日五爷轻闲，正一个人在大躺椅上享清福呢，见有客人来访，袁五爷摇手让左右侍女们退下，仰面躺好，只等来人先说话。

"学徒鲁桂花给袁五爷请安。"鲁桂花双手按在腰间，向袁五爷施了个东方女性礼。

"我走啦。"站在后面的朱七以为自己完成了引见使命，便急着想往家跑。

"你忙嘛？"鲁桂花拽着朱七的袖口，悄声地说："还有你的事呢。"

"哪儿来的？"袁五爷从鼻孔里哼出了声音。

"学徒原在北京平安戏院献艺。"

"孙老六挺好的吧？"袁五爷问。"

"孙六爷托付学徒问袁五爷好。"鲁桂花答着。

"光跟我玩虚的,去年我有一批货,不过就是过北京借道罢了,他愣不给面子,你说说他够朋友吗?"说罢,袁五爷在躺椅上坐了起来,两道目光打在鲁桂花身上,袁五爷一笑,"有人缘儿。"他是夸奖鲁桂花讨人喜爱。

"鲁桂花老板初来乍到,日后还要靠五爷多关照。"朱七背书一般地重复着鲁桂花事先教会他的唯一一句台词,说完便呆站在墙边。

"没说的,没说的。"袁五爷突然来了精神儿,他一骨碌从躺椅上站了起来,哈巴着腿在房里打转转。

"姓嘛?"也不知为什么,袁五爷突然拍了一下朱七的肩膀,大声地问道。

朱七打了个冷战,他没料到袁五爷会和自己搭讪,忙支棱好身子回答:"姓朱。"

"嘛字辈的?"梨园行的规矩,按字排辈,袁五爷把朱七看成了鲁桂花的师父。

"七字辈的"朱七顺口回答。

"嘻,五爷高抬了,这是我表哥,他哪里排得上辈呀。"鲁桂花忙插话解围。

"哈哈哈,朱七,这名字好记。"袁五爷放声地笑着说,"前二年北口闹事,那个人也叫朱七……"

"那个朱七不是我。"朱七忙抢着申辩。

"我知道那个朱七不是你,那个朱七早没有了。咱不是不给他面子呀,给你个下台阶,顺着坡儿往下溜吧,嘿,他非充汉子,可惜了的一条人命,还不到40岁,扔下了老婆孩子。"

"我,我该走了。"朱七听得毛骨悚然,看看小桂花,看看袁五爷,回身就要走。

"你放心吧,今天夜里,你妹子留下陪我说说话,南市大街,日后有你们兄妹俩的饭吃。"袁五爷向着朱七的背影说着。

咕咚一下,匆匆往外跑的朱七被门槛绊了一脚,身子一摇晃,几乎跌在门边。

"慌嘛!"袁五爷放声地说着,"没见过这世面?五爷把你妹子留下是赏你的脸,不愿意,你把你妹子领走。跟你说吧,我袁老五在南市大街明拿明放,明起明坐,不捂着不盖着,亮亮堂堂大老爷们儿不欺侮妇孺,不霸占民女,拜门子就只一宿,第二回我还不认识你,明人不做暗事,南市大街人人都知道。有人说我仁义,有人骂我霸道,我全没往心里去,我就这么着了,有本事的你除了我,没本事你还得服我。我决不像有的人那样,表面上斯斯文文,满嘴的仁义道德,暗地里在火车上骗女学生,拐到南市大街做完坏事,还装模作样地闹取缔南市,花出钱来想抓个替死鬼……"

袁五爷在背后吵吵嚷嚷地喊着，鲁桂花再三为朱七的失态辩解，"五爷，我这个表哥是老怯，他可没有别的意思，君子不和小人一般见识，我替他给您赔礼了。"

回家，立即回家！朱七恨不能插上翅膀飞回家去，回家后脱下大褂儿，打一盆水洗洗身子，把这几天穿大褂儿的秽气狠狠地洗掉，然后换上自己的短袄短裤，从今后本本分分做人。害怕被人看见还穿着大褂儿，他没敢走南市大街，也是为了快些往家跑，朱七抄近路光往小胡同拐，小胡同没有路灯，昏昏暗暗，对面没有一个人。

路上，砖头石块几乎将朱七绊倒，也不知踩上什么东西，脚下一滑，朱七的身子左右打晃，伸出一只胳膊想扶墙站住，也不知是什么东西被抓在了手里，软软乎乎，借着月光一看，是一只人手，再往上看，一只光光的胳膊，哎呀，朱七大喊一声，抓着鬼了，嘻嘻一声笑，朱七被拉进了一个小黑院。

暗娼，把朱七拉进院来的是一个精瘦精瘦的女人，什么长相，朱七实在没看清，只觉着活似年画上的鬼一样，皮肤是绿的，眼珠是绿的，嘴唇也是绿的，一双绿绿的手爪子抓住朱七不放："夜半三更的，这是急着往哪儿跑呀！"

"奶奶，你饶命吧！"当朱七明白过来眼前发生的是一桩多么荒唐的事，当朱七举目看清了面前站着的这个女人是个什么样的人，当朱七环视四周判明了自己到了一个什么地方，他慌了，立时黄豆粒般的汗珠滚了下来，他全身哆嗦着，上牙嗑下牙，急得双脚蹦。

"哎哟，这可怎么说的，我的哥哥，就算我模样差点，也不致于把你吓成这样呀！"全身发绿的暗娼尖声尖气地说着。

"我，我没钱！"朱七嚷嚷着说。

"这不还有件大褂儿吗？"暗娼还是不松手。

"这大褂儿是借的。"朱七放声喊。

"借的不要紧，完了事押在这儿，明日再带钱来赎。"

"我，我跟你豁命啦！"

朱七好一番挣扎，终于从暗娼手中挣脱了出来，使出全身的力气，跑出小黑院，跑出小胡同，跑到有路灯的地方，站住，呼哧呼哧地喘大气，哎呀，朱七的身子一阵发软，顺势他倚在了电线杆子上。

朱七的大褂儿不见了，被人扒下去了。

回去找大褂儿，哪条胡同？哪个门？他一点印象也没有，弄不好再挨顿揍，说你"啰唣"。啰唣者，寻衅闹事之谓也，官家民家娼家，都视为忍无可忍，唉，先回家，慢慢想办法吧。天爷，穿上大褂儿怎么这么多倒霉事呀！

7

"朱七,你听着,今天你不把大褂儿送回来,我跟你没完。"胡九爷双手叉在腰间,八叉着两条腿,怒发冲冠,堵在朱七家门口破口大骂,左邻右舍们闻声赶来,在朱七家门外围了个大圆圈,有人同情朱七,有人同情胡九爷,喊喊嚓嚓地好生热闹。

朱七没敢出门,没敢应声,他钻到被格子里去了,又央求妻子用棉被将自己遮住,蜷着腿,憋着气,不多时便出了一身汗。

朱七的妻子将丈夫藏好,忙出来劝解胡九爷,又是鞠躬又是施礼地说着:"九爷就再宽容一天吧,他从昨下晌出去还没回来呢,静海县有个本家,说是开了个醋房,他去看看,也许能帮着给找个销路,不全是为养家糊口吗?"

"宝儿娘,你可再别护着你丈夫了,这小子,狗食了,他是满嘴没实话,一肚子食火呀。说是给你爹拜寿,我信,往年这日子也跟我借过大褂儿,第二天就跟我玩花活了,什么成全事呀，跑合呀，你瞧，这又出了个开醋房的远亲。别糊弄我，我胡九爷在这门口40年了，谁家有嘛亲戚，谁家有嘛朋友，我胡九爷就是一本账，我胡九爷就是这百多户人家的治家谱。宝儿娘，你蒙在鼓里了，他串嘛亲戚？他找乐去了，找开心的地方去了，好你个小朱七，我看你是活腻了，找死呀，好日子不好生地过，你黑着良心要走邪门歪道，你胡九爷不能看着你'作死'不管，有个闪错，你老婆孩子托给谁？赶紧把大褂儿交出来，我不心疼那件臭皮，我心疼你这一条汉子，你胡九爷当年吃过亏，北门外金店拐骗案，一个穿大褂儿的先生带着阔太太进去，说是给老太太作寿买金货，挑来捡去拿了十几件，留下阔太太在店里，说是回家让老太太挑。"胡九爷冲着朱七的家门站着，老事可是讲给背后的邻居们听。"这一走呀，他可就没了影儿喽，待到天黑，金店掌柜急了，就要拉着阔太太去找那位先生，这一抓不要紧，你猜怎么着？那个阔太太是个哑巴，她比比划划地表示根本不认识那个人，拆白党，懂吗？这叫拐骗。你想那金店老板是好惹的吗？他花钱买通官面，没出三天愣把那些金货要出来了，正赶巧那几年袁世凯推行新政，他一道命令下来，非要抓那个拆白党问罪不可。可拆白党是那么好抓的吗？他也花钱买通了官面，得，好歹抓个穿大褂儿的'顶缸'吧，偏轮上我倒霉，那两年我天天穿大褂儿在北门外转，糊里糊涂的，我就吃了官司,险些没丢了命呀。知道实情的,说胡老九冤枉;不知实情的,还说我当了盗贼。三年之后,民国维新,我才从大狱出来,从此我立下恒心再不穿大褂儿。为嘛我这么多家当全卖了,唯独留下这件大褂儿?就是为了让子子孙孙看看,千万不能披这张皮!"

众人听后一片唏嘘,并就穷光蛋不可穿大褂儿一事取得共识。胡九爷咽口唾沫,喘口气,宝儿娘这才走近来,又要解劝。

"你别劝,我也不是冲着你来的,你刚才编的那套谎话我也不信,别跟我玩老鹰抓小鸡,你们屋里的情形我知道,朱七,你若是再不应声,我可往被格子里边掏你去啦!"

说着,胡九爷大步就往屋里闯,宝儿娘一旁伸手没有拉住,这时,突然房门从里面悄悄地拉开:"九爷,您老屋里坐。"朱七乖乖地从被格子里爬出来,正蔫蔫地在门口迎候九爷呢。

哄地一声,众邻居一齐笑了,大家都赞叹九爷真是个骗不了的人物。

"几位散散吧,有话我们爷儿俩说了。"胡九爷走进朱七家门,回身对围在门外的邻居们说着,邻居们见再没什么热闹好看,便七嘴八舌地议论着,三三五五地散去了。

"现世报呀!"宝儿娘随着胡九爷走进屋来,伸着一根指头狠狠地在朱七额头戳了一下，咬牙切齿地驾着，"你可是丢尽了面子呀，九爷，您老狠狠地管教管教他，拿扫帚疙瘩打他，拿鞋底子捆他，别给他留脸，问问他当初为嘛就要穿这件大褂儿！"宝儿娘骂过，气汹汹地便抱着孩子跑出门干活去了。

一五一十，朱七把这几天穿大褂儿的经历详详细细地对胡九爷如实述说了一遍，从开始看牛小丑跟人打架，到去袁五爷处求情，走出世界饭店遇见刘尚文，夜半三更查店，鲁桂花，瞎老范，女学生秦丽的强奸案，直到后来上权仙看戏，飞茶壶，鲁桂花去拜袁五爷，最后，黑胡同遇见暗娼，被扒了大褂儿。

"九爷。"叙述一番之后，朱七委委屈屈地哭了，他一面揉着鼻子，一面断断续续地说，"您老宽容我几个月，我一准好好干事由，省吃俭用，我给您老买块新料子，让宝儿娘给您老缝件新大褂儿。"

"唉！"胡九爷终于心软了，他点着了旱烟袋，吱吧吱吧用力地吸着，刚才的满腔怒火早已熄灭，此时此际他又对朱七无限同情，"我早估摸着这里面有事，果不其然还真这么回事，那件破大褂儿值几个钱呀，这许多年胡九爷拿你当亲生儿子看，还能让你赔吗？"

"吃一次亏，记一辈子，九爷，今生今世我若是再有一点不本分,您老就打断我的腿。"朱七万般郑重严肃地在胡九爷面前发誓,看得出来,他是真心要改邪归正了。

"那件大褂儿我是不要了。"胡九爷将烟袋锅在炕沿边敲得梆梆响,沉吟良久,他思忖着说,"就怕日后还有大麻烦呀!"

"嘛麻烦?"朱七直愣愣地问。

"刘尚文、瞎老范、扒你大褂儿的暗门子,还有袁五爷,他们表面上谁也不联着谁,暗里他们可都是一伙的。你是不看报呀,这一连多少天,国民参政会的程副议长不停地在参政会发表演说,抓住女学生案件,非要追个水落石出、抓住歹人不可。这么多年,南市大街天天有人上吊、投河,天天有妇女被拐骗,他程议长管过吗?他嚷嚷治理南市,那是作道学夫子收买人心,你不懂,三十六计里有这一计,这叫贼喊捉贼。"

"啊!"朱七冷不怔吓了一跳,他一骨碌从炕沿边跳下来,一双眼睛蹬得滚圆,"抓我当替死鬼?"朱七大声地喊着。

"你没看那天的报纸吗,程副议长南巡归来,立即召开国民参政会,发誓要为受辱女学生伸冤,他程议长南巡归来,能坐三等车吗?"

"是他把秦小姐骗到东方饭店的?"朱七惊愕得半张着嘴巴,他实在不敢相信这些猜测。

"谁把秦小姐拐到东方饭店,你管不着,我管不着。可是如今你去过东方饭店,又有件大褂儿落在人家手里,看见你穿大褂儿,有刘尚文,有瞎老范,有开店的掌柜,还有卖烟的牛小丑。"

"我,我!"朱七吓出了一身冷汗:"我这就去找大褂儿,我和他们拼了!"说罢,朱七转身就往外跑。

"你回来!"胡九爷一把抓住了朱七。

在门外烧水的宝儿娘也吓了一跳,她举目望望丈夫,又没生好气地骂道:"诈尸呀!"

胡九爷将朱七按在炕沿边坐下,脸对脸地问朱七:"你找谁去要大褂儿?"

"那个胡同我记得,那家暗门子也能找。"

"就算你找对了地方,那地方扒下来的东西还要得回来吗?"胡九爷问着。

朱七抬手拍了一卜脑袋,骂了自己一句:"笨蛋!"想了一会儿,他又说,"要么,我找刘尚文,他和瞎老范合伙卖捂烟,还说有我的'份子'呢。"

"你就别惦着那个'份子'了,先保全住自己重要。"胡九爷帮着朱七出主意。"刘尚文也是一肚子坏水,能不找他,尽量躲着他。依我看,你不是帮了小桂花的忙吗?这几日袁老五正和她在新鲜日子里,求她在袁老五那儿说个情,有了袁老五的话,丢了人头都能找回来。"

"九爷!"朱七听着,深为胡九爷的善良、诚实所感动,站起身来,他向着胡九爷施了个大礼,声泪俱下地说着,"我来世做牛做马,也要报答九大爷的恩情呀!"

华灯初上,又到了袁五爷摆驾世界饭店来南市大街坐镇的时刻,朱七匆匆跑到世界饭店门口,喘匀了气,稳住心神,又回忆一遍编好的台词:进门先找小桂花,让她引见自己去给袁五爷请安,鞠躬作揖,不可急于开口,待小桂花三言两语把袁老五哄乐了的时候,再说自己凭白无故地遇到了点小麻烦,嬉皮涎脸地求五爷成全,不给自己面子,还要给妹子一点面子呀,我不是小桂花的表哥吗?五爷,桂花有什么不对的地方,你只管管教,我把妹子托付您了……

抬起脚来,朱七就往世界饭店里走,刚落下腿,铺天盖地,活赛是旱天惊雷,也不知从什么地方传来了一声大喊:"站住!"

朱七抬抬头,转转身子、停住脚步,这时他才看见一个伙计模样的人站在了自己对面。

"你是招呼我呢?"朱七问。

"不招呼你招呼谁?"伙计凶得赛门神。

"我找人。"朱七理直气壮地说。

"滚!"伙计不分青红皂白,破口便骂,正巧这时来了个人物,伙计又忙着鞠躬。

"我找袁五爷!"朱七毫不示弱。

"我踹你啦!"伙计抬起脚就要踢朱七。

"我、我来过两趟了。"朱七还在争辩。

"我看你是不吃没味不上膘。"说着,那个伙计抢着胳膊扑上来,拳脚相加,硬是将朱七从世界饭店大门里撵了出来。

傻呆呆地站在世界饭店门外,朱七实在不明白何以今天自己就是进不了这个门?

"也不撒泡尿照照,这地方是你来的吗?"伙计关上玻璃门,还在冲着朱七咒骂。

玻璃门上一片明亮,清晰地照出了朱七的身影,朱七耷拉下了脑袋,今天他没穿大褂儿。

见不着袁老五,也就见不着小桂花,朱七灵机一动,奔上权仙,今晚上小桂花有戏。

掏净衣袋,朱七凑足了一元钱,钻进票房,将一元钱送进小窗口,不多时一张戏票送出来,还退回来六角。

"我买头排。"朱七冲着小窗口说。

"不卖。"小窗口里传出了冷冰冰的声音,"那地方是你坐的吗?"

朱七没敢再争执,穿这身小袄小裤,能卖你个后排就不错了，若不是民国维新、平等博爱，你朱七还想看戏？看耍猴的去吧。

手里攥着一张戏票迈上上权仙大戏院的高台阶，迎面，五光十色的灯影映照在朱七的脸上，朱七暗自惊异地想，前天自己来上权仙时，这儿的灯光没这么亮呀！及至朱七抬起头来往上一瞧，天爷，他呆了。上权仙大戏院三层楼高，从雕着花饰的圆屋顶拉下来几十条彩色长布，把上权仙打扮得五彩缤纷。朱七识不得很多字，但他也多少看明白了一点意思："艺压群芳"，"此曲只应天上有，人间那得几回闻"，"贺小桂花女士莅津献艺"，"千古绝唱"……真是人间动听的话都说到了头，三日不见，刮目相看，小桂花红起来了。

"嘀嘀"，两声汽车喇叭响，朱七回头望去，只见两辆黑色小汽车停在了戏院台阶下面，车门打开，前面走出来的那个人物是朱七的老朋友，袁五爷，后面走出来的人物，朱七不认识，只是这人好气派。好斯文，手里提着文明仗，迈着四方步，走起路来膀不动肩不摇。只是这人也怪！大热的天却戴着一顶白礼帽，帽檐儿拉得极低，又戴着一副墨镜，一副面孔竟被遮住了一多半，再加上身前身后有几个随从，朱七连这位人物的容貌都没看见。

"袁五爷、程议长驾到！"站在台阶上迎接二位要人的是上权仙戏院的经理，衣冠楚楚，神气十足，应声两个伙计跑下去，分别搀扶住正在上台阶的二位人物，两个人一面搀扶着程议长、袁五爷上台阶，一面同声喊着："程议长、袁五爷步步高升呀！"有分教，第一次排名次，袁五爷在前，程议长在后，第二次排名次，则要将两个人颠倒过来，否则当心狗腿！

朱七又打了个冷战，此一时也，彼一时也，世上什么东西都有可能突然发生点变化，譬如买彩票发财了，摸鱼的捞上个大元宝，狗尾巴草开花了，癞蛤蟆吃着天鹅肉了。唯一不会发生任何变化的，就是朱七：从生下来就挨饿，到如今还挨饿；从生下来就受欺，到如今还受欺。就是有朝一日太阳从西边出来了，你也休想看见什么五爷、六爷、议长。市长来捧朱七，你也休想看见朱七家门前挂彩带，上面写着"天下穷鬼第一人"。

及至走进到戏园来，朱七更眼花缭乱了，舞台上满满地摆着几十个大花篮，全是清一色的鲜花，扑鼻的清香灌满了全戏院。花篮上的红缎带上写着官衔人名，朱七故意走近一些看看，可了不得，送花篮的有天津市长、警察署长、国民参政会议长、副议长，还有许多花篮锦带上没有官衔只写着姓名，朱七虽不知这都是些什么人物，但料定是天津卫的社会栋梁。

吸一口凉气，蹑手蹑脚，朱七小心翼翼地走到后排去找自己的座位,当心些,这可不是笨手笨脚的地方,碰响了椅子,踩着什么人的脚,刚才当心狗腿,如此要当心狗头。可不是吗?你瞧瞧座位上坐着的这些人物,程议长、袁五爷已是到楼上包厢里去了,就是楼下散座,坐着的一位一位也是气宇轩昂,看那意思,顶不济的也要是洋行经理,区长局长。朱七听见散座上有人寒暄:"刘总长这边坐。""不,不,我在中排。"你瞧瞧,总长才配坐中排。

开场锣鼓敲过,跳加官,帽儿戏,戏院里一直没安静下来,朱七坐在后排,压根儿也没听见一句唱,只听见胡琴吱吱地拉着,只看见台上有角儿出来进去。道白、唱腔一句也听不见。好在今天朱七不是听戏来的,他只盼着小桂花早上场,早散场,抓住时机,等在路上,好和她说句话。

几出小戏唱完,突然间,戏园里的气氛变了,先是台下散座之间出现了几个人物走动,一双双眼睛在观众之间巡视,立时喊喊嚓嚓的人们安静了下来。咚咚咚,开戏锣鼓敲响,大幕拉开,呼啦啦四名彪形大汉跑上台来。一侧两个人,分别站在了台口上。朱七明白,这是名角的保镖,面向观众,背向舞台,一只手叉在腰间,一只手摸着家伙。

"苦呀!"舞台里面传出来小桂花的叫板,朱七摇了摇头,心中暗自说道,得了,小桂花,你不苦啦,这是多大的势派呀,捧角儿捧得如此威风,已经是不给别人留活路了。

"好！"观众席里一个人带头喊了碰头好，立时掌声雷动，活赛是晴天霹雳，震得耳朵啸啸地鸣叫，"好！""好吧！"观众已是快要发疯了。

还是那出戏，还是那个腔，还是那个小桂花，还是那个嗓子，还是那副扮相，今天，小桂花是一段一个好，一句一个好，一板一个好，一眼一个好。从小桂花一出台，掌声就没断，真是看戏的比唱戏的还累。仔细看看，这些人又不像全是被袁五爷拉来的，不鼓掌，不喊好要挨揍。他们是真心地鼓掌，真心地喊好，他们真是从心眼里爱看小桂花，爱听小桂花。好像天津人就有这么个毛病，只要这个角儿被捧红了，谁不跟着捧，谁就是乡巴佬，懂不懂地就跟着叫好，喊的嗓门越亮，说明越是内行，说明自己的身价越高。不跟着众人一起捧角儿，连胡同里的狗都要冲着你多汪汪几声，嫌你身上没有人味儿。

过了好长好长时间，也不知是小桂花在台上唱完了，还是大家伙在台下闹完了，上权仙大戏院又安静了下来，就在众人献过花篮，小桂花谢过众人，乒乒乓乓一阵座椅声响，众人向外走去的时刻，朱七从后排跳出来，分开迎面向外涌的观众，径直向后台奔去。

"叭"地一声，朱七只觉着后背被人猛击了一掌，未及回身，早被两个大汉从左右将他挟在了当中，不问青红皂白，两个彪形大汉用力一抢，朱七被扔在了地上。

"二位爷！"朱七没敢发火，他乖乖地从地上爬起来，恭恭敬敬地给两个彪形大汉施过礼，这才满面赔笑地解释说，"我找小桂花，我是他的表哥，麻烦二位爷传一下话，就说有个叫朱七、朱敬山的人来找她。"

说着，朱七又往后台走去，身子刚走到两个彪形大汉之间，依样画葫芦，那两个人又是一左一右把他挟在中间，抢起来抛出去，只是比刚才扔得更远，摔得更重。

朱七明白，这是两位门神，哼哈二将一把锁，没商量，不通融，不费唇舌，不用言语，六亲不亲，猫儿狗儿也休想钻过去。绑票的人能耐大着呢，莫说是表兄，连亲爹都能扮出来，绑票的盯着梅兰芳、马连良，有一回愣扮成北洋政府的总理大臣往里闯，照样，也是一个"德和勒"，给扔出来了。

不能在这儿浪费时间，朱七爬起来立即往外跑，要去迎小桂花，她卸了装必得往外走，到台口去等她。使出全身力气，朱七急匆匆往戏院后门跑去，果然来得正是时候，小桂花已是走出来了，只是，八名大汉围成一个人圈，压根儿瞧不见小桂花，一个人漩涡从戏院移出来，走下台阶，一辆小汽车开来，八名大汉护着小桂花坐进小汽车里，然后八名大汉散开，四名大汉分在汽车两侧胳膊挎着车窗，脚踏着踏板，随车而去，另外四名大汉大声吆喝着追着汽车一溜烟跑了。朱七连一声"小桂花"都没喊出来,反倒饱餐了一顿汽车屁。

　　唉,大褂儿,大褂儿,倘若今晚上朱七能穿上一个大褂儿,好歹总不至于落得如此狼狈吧。

8

　　走投无路,朱七只得到派出所来找刘尚文,好在派出所是什么人都可以进的,朱七没穿大褂儿仍然通行无阻。

　　"刘副官。"朱七畏畏葸葸地一副倒霉相,找到刘尚文,一阵鼻窝发酸,泪儿都快流出来了。

　　"你找我干嘛?"刘尚文没好气地问。

　　"刘副官,你得拉我一把。"朱七抽抽鼻子,可怜巴巴地央求刘尚文。

　　"我还不知找谁拉一把呢。"

　　刘尚文说得是,如今他正想找人拉一把呢。上午,派出所所长把他好一顿训斥,"你这不是找事吗!吃饱了撑的?食火撞的?派你个夜勤,找点'外快',码儿密,猫儿腻就是了,你还偏要去捅马蜂窝,惹出娄子来了,我看你小子怎么办吧!国民参政会程议长找到警察署,督查南市大街治安,一定要把女学生的案破了,捉不住案犯就要唯警察署长是问。满天津卫大报小报的记者天天在警察署待着,连上海、北京的记者都来了，不闹个水落石出就没个完。警察署长把我传去铺天盖地一通臭骂，险些儿没揎我大耳刮子，我是立正敬礼整整挺了一个钟头，看着他一个人吸烟，馋得我连唾沫都不敢咽，那时节我就想，刘尚文刘尚文，瞧我回去不活剥了你的皮。这么多年的警察你是怎么当的？什么案子该问，什么案子要躲，你心里还没个小九九？你想想，若不是位体面的人物，那女学生能跟他走吗？程议长死揪住不放要抓案犯，能光是为了给那个女学生报仇雪恨吗？装没看见就完了，你还把那个女学生搀回屋去，她是你们家亲戚怎么的？惊动了那么多人，还让记者照了相，我看你是不想干这行，不想吃这碗饭了。不是我舍不得开了你，我怕把你一脚踢走，没处要案犯去，这名案犯就在你手里，就是你暗线里的人，三天之内你不把案犯交出来，我就办你个知情不举，你若是撒丫子溜号，抓回来我就送你去警察署，不抽你几十鞭子，你是全身痒痒，不打你几十军棍，你是筋骨发酸。现如今是人人都盯着南市大街，人人都瞧着咱们这个派出所，连袁五爷都问下话来了，袁五爷和程议长明和暗不和，程议长要拿袁五爷的人开刀，袁五爷要把程议长拉下马，你说说把咱爷们挤在当中，这不是活该倒霉吗？你还挺在这儿干嘛？还不快去抓案犯，三天之内不把案犯抓来，我就抓你归案，滚！"

刘尚文被警长崒出来了。

朱七见刘尚文哭丧着脸,料定今日的事未必好办;只是,如今只剩下这最后一线狭路,低三下四,总得求得这个恶鬼发了善心。

"刘副官。"刘尚文坐在椅子上,一双腿直伸出去,身子往后仰,慢慢地用一根火柴棍剔牙,朱七没敢落座,只乖乖地哀求着说道,"我的大褂儿被人扒了。"

"活该!"刘尚文冷冷地说。

"那件大褂儿是我借的。"朱七说得好可怜。

"更活该!"刘尚文攒了下鼻子。

"可我怎么还给人家呀?"

"把儿子卖了。"刘尚文不耐烦地回答。

"刘副官。"朱七见刘尚文已是一副铁石心肠,光来软的不行,索性一屁股坐下,也沉下了脸,"刘副官,我那件大褂可是帮了您的忙,那天您正想拉个体面人物去一同查店,除非是我,别人谁也要跟您分点油水吧?"

"你想敲竹杠呀?"刘尚文恶洶洶地瞪了朱七一眼,"你冒充稽察员,我还没逮你呢!"

"我冒充稽察员,不是正好帮着瞎老范把那批货脱手吗?没个官面儿上的人在一旁站着,老客们谁敢买呀?万一'打'了眼,被人骗了,买回去一看,是'捂'烟,不就上当了吗？"

"你说嘛？"刘尚文一骨碌蹦起来，匆匆把身子伸出门外，东张西望，不见有别人听见，这才把屋门关上，回过身来问朱七道，"多咱扒的？"他是问那件大褂儿。

"昨日夜里。"朱七回答。

"哪家？"刘尚文又问。

"黑格隆咚地没看见门牌，那地方我记着，反正也就是这家那家呗。"

刘尚文为难地摇摇头，"这不又惹事吗？黑钱白钱好办，无论是谁下了货，三天内不许出手，只要我一句话，乖乖地他得给咱送回来，还得给我一份酬谢，这叫蹿错了道，惊动了自家人。可那些暗门子不管那一套呀，有钱的抢钱，没钱的扒衣服，就是这么窑性呀。"

"刘副官。"朱七又站了起来，"南市大街上，也就是您老关照朱七，素日也总是惦念着我，我心里有数，今后再有用我的时候，您只管吩咐，我是白干，分文不取。"

"唉，"刘尚文叹息了一声，"这么着吧，我得先挨家挨户去访，只要这件大褂儿还有，还没换烟泡儿，我留下个话，明日你自己去取，好歹你得带上点嘛，不许送点心，暗门子忌讳嫖客送点心，你没听说过吗，明礼送点心，暗礼送油，你得提着两大瓶香油。"

"我这就去买。"朱七百依百顺地答应着,"我多咱来听准信儿?"

"明天这时刻你来吧。"刘尚文说着,"别到派出所里来,这儿人多眼杂,咱两人小胡同口见面,我连给你指门儿。"

"不见不散。"朱七临走时又向刘尚文施了个礼,"您老可是救了我了。"

"快忙你的去吧。"刘尚文挥手让朱七快走,"丑话说在前面,咱们可就是这一回,以后再有什么麻烦,我可是一概不管。"

"日后我也就本本分分混事了,您老若是再看见我穿大褂儿,您老就砸断我脊梁骨。"

指天发誓之后,朱七走出了派出所。

刘尚文守信用,他真的来到了小胡同,挨家挨户地为朱七找那件大褂儿,走了好几家,都说没那件事,还瓜子香烟地招待好半天,临走还往刘尚文口袋里塞了点零钱,"买包茶喝吧。"确确实实也就只够买包茶叶的,微乎其微。不过,细论起来,刘尚文只凭三言两语便能赚到一包茶叶钱,不费吹灰之力,也就算得上是高收入了;别忘了,刘尚文两句话多不过八个字:"扒人家大褂儿了吗?"对方摇头,刘尚文说声"走啦!"一包茶叶钱就赚到手了,倘若刘尚文一口气说出个七八万字来,他该有多少收入呀!

"瞎老范!"在一家暗门子里,刘尚文堵上了瞎老范,瞎老范正眯糊着眼睛听姐儿唱曲呢,见到刘尚文,他一骨碌蹦了起来。

"刘副官!"瞎老范一手提着裤子,一手给刘尚文行了个军礼。

"好你个瞎老范!"刘尚文见到瞎老范,怒火中烧,一肚子冤气全冲他一个人来了,"你小子发了昧心财,跑这儿找乐来了,害得我挨了上司训斥,眼看着这碗饭就要吃不成了,我跟你没完!"说着,刘尚文向瞎老范扑去。

"哎哟,我的刘副官,怎么上了真格的了?"在一旁的姐儿忙上来解劝,"快,快坐下,点上支烟,有话好说,都是一条船上的,有嘛过不去的事呀!"姐儿忙给刘尚文敬茶敬烟。

"刘副官。"瞎老范忙凑过来行礼打千,"那天夜里,旅馆里人多,我不得和你细分,您瞧,您的那份我早预备出来了。"说着将一摞钞票放在了刘尚文面前。

刘尚文立时就抓过钞票装进了口袋:"所长那份儿呢?"刘尚文又问。

"明日送到,明日送到。"瞎老范点头哈腰地回答。

"稽察那份呢?"刘尚文又问。

"哟,稽察?"瞎老范嬉皮涎脸地反问刘尚文,"虽说我眼神儿不好,可我一眼就认出来了,朱七,狗熊穿袍子,他要往人上变。刘副官,您老好眼力,拉这么个人出来挂幌子,白使唤,他敢跟你伸手吗?"瞎老范说着,一双瞎眼诡诈地笑着。

"瞎老范,你鬼吧,一挂鬼下水,这辈瞎,下辈还得瞎。"刘尚文得了钱再骂瞎老范,已是带有几许欣赏几许赞扬了。"朱七不找你分份儿,可你得给他办点事。"

"他大褂儿让人给扒了?"瞎老范问着。

"你怎么知道的?"刘尚文大吃一惊。

"我一眼就认出来了,这是朱七那件大褂儿,刘副官,我不是眼神好吗?姐儿,快把那件大褂儿拿出来,让你拿你就快拿吧,能白让他拿走吗?老规矩,两瓶子香油。"

姐儿终于极不情愿地取出了一件大褂儿,果不其然,是朱七向胡九爷借的那件。

刘尚文见事情已经水落石出,便又嘱咐道:"明日晚上,我让朱七来取,你们可别难为他,明着暗着,他不也帮过忙吗?人不能太没良心了。"说罢,刘尚文就往外走。

"刘副官。"瞎老范匆匆地在后面追出来,凑到刘尚文耳边悄声地说:"那桩案子,您老查出眉目来了吗?"

"嘛案子?"刘尚文停住脚步问。

"就是东方饭店女学生……不是限您老三日为期吗?"瞎老范奸诈地望着刘尚文。

"你怎么嘛都知道?"刘尚文又是一惊。

"这天津卫的事,还瞒得了我瞎老范吗?"瞎老范说得极是得意。

"唉!"说到伤心处,刘尚文叹息了,他对瞎老范说,"眼看着这个差事就要丢了,全怪你一个勾事鬼,若不是你跑到东方饭店卖假烟,何至于让我碰上这么件倒霉事?"

"所以,我这心里才觉着怪对不住您老的呢。"瞎老范把声音又压低些对刘尚文说,"我这可不光是替古人担忧呀,您老若是丢了这份差事,往后南市大街上谁还照应我呀?"

"别给我灌迷魂汤,甜言蜜语,有奶便是娘,你瞎老范还怕找不着靠山。"刘尚文不买瞎老范的账,迈步又向外走去。

"刘副官。"瞎老范追上去还继续说着,"我这是蒋干看诸葛亮下棋,看不出棋步瞎支嘴,屎壳郎开膛,又是一肚子臭下水。您老若是一时还没想出高招来,不妨先听听我的馊主意。"

"你说。"刘尚文止住脚步说。

瞎老范将身子凑上去,抬起一只手来遮在刘尚文耳际,喊喊嚓嚓在刘尚文耳边一阵唠叨,也不知瞎老范对刘尚文说了些什么,只见刘尚文一面听着一面跺脚一面骂:"瞎老范,你可太缺了,我看你得八辈瞎,不缺到八辈瞎你想不出这份缺德主意,活着瞎,死了瞎,转过世来你还瞎,瞎老范,你太缺德了……"

按照约定的时间,按照约定的地点。第二天晚上,朱七提着两瓶香油,找到了在小胡同口等他的刘尚文,刘尚文满脸的愁容,和朱七连声招呼都不打,只呆呆地站着。

"刘副官。"朱七抢先说着,那件大褂儿访着了吗?我还给您老带来两瓶酒。"果然,朱七的另一只手还提着两瓶酒。

"朱七。"刘尚文犹犹豫豫地说:"我看那件大褂儿你别要了,吃个哑巴亏吧。"

"怎么?您老没访出来?"朱七问着。

"我怕你惹大麻烦呀!"刘尚文说。

"我日后再不穿大褂儿了,只求能把它取回来,给胡九爷送回去。"朱七以为是刘尚文担心他日后还穿大褂儿逛南市大街。

"和九爷说说,求他容个仨月五月的,这阵子你在南市大街卖把力气,挣出件大褂儿来。"刘尚文知心地对朱七说。

"话是这样说呀,可钱是那么好赚的吗?三年两载也混不上一件囫囵衣服,我得养家。"朱七说着。

"朱七,死了那条心吧,我是怕对不起你一家老小呀,那件大褂儿,你可千万不能要了。"刘尚文说着,狠狠地跺了跺脚,猛地一转身,他一溜烟跑走了。

"刘副官,刘副官!"朱七放开喉咙喊叫,只是刘尚文早跑得没了影儿。

"哟,这是谁招呼刘副官呀!"朱七的喊声惊动了小胡同里的暗门子,一扇小门吱咂地拉开,从门里探出来一个姐儿的半截身子。

朱七没好气地向那个姐儿望了一眼,理也没有理她。

"哟,昨晚上刘副官关照过了,说有位二爷来取大褂儿,我这还傻等着呢,也该来了呀!"那个姐儿说着,身子又缩了回去。

"姑娘,姑娘。"朱七喜出望外地忙跑过去,站在门外,隔着门槛和里面说话,"您就是替我收大褂儿的姐儿吧,我就是刘副官关照的那个人,不知怎么的,刘副官又劝我别取那件大褂儿了。"

"刘副官这个人呀,没个准主意,你自己说吧,这件大褂儿你到底要不要?"暗门子里面的姐儿问着。

"要,要,我怎么不要呢?"朱七急着说。

"那你可进来拿呀,傻老爷们儿你还愣着干嘛?"

"我这儿带香油来了,两瓶,真正的老庄子的小磨芝麻油,一瓶三斤……"朱七提着油瓶、酒瓶就往里走,他心里有底,知道自己既和刘副官有交情,这小胡同里就吃不了亏。

果然一切顺利,两瓶香油放下,那件大褂取出,当面看过成色,完好如初,朱七道过谢,立即从暗门子走了出来。

深深地喘一口大气,阿弥陀佛,这桩倒霉事总算了结了。

　　紧紧地将大褂儿抱在怀里,低着头,缩着肩膀,弓着背,朱七匆匆地在小胡同里跑,此时此际他活赛是刚刚逃出虎口的羔羊,唯恐背后的猛虎再追上来将自己一口吞掉。快跑,快跑,早一分钟平平安安到家,朱七就早一分钟终结了这一场劫难,一路上只求这件大褂儿别被风吹跑了,别蹿上来一只野狗把大褂儿叼走,别遇上强人把大褂儿抢走,快跑,快跑,朱七跑得身后兜起一阵地风。

　　脚底下绊了一下,来不及细看,抱紧双手,大褂儿还在怀里;脚下滑了一下,踩着了秽物,来不及秃噜鞋底儿,还匆匆地快跑;咚地一下,撞在电线杆子上了,不敢抬头摸摸疼处,还加快脚步往家跑。

　　"扑通"一声,已经是快跑出小胡同了,突然迎面一个人拐进来,和朱七撞了个满怀。

　　"对不起,对不起。"朱七连声致歉,头都不抬,还抱紧着大褂儿往外跑。

　　"你给我站住!"一只大手从背后抓住朱七:"光对不起就完了,你瞎啦!"

　　"我没长眼,我是瞎子。"朱七连声地说。

　　"我瞎,你也瞎!"

　　听着这声音好熟,朱七转过身来抬头一看,他认出来了,瞎老范。

"范爷,您老高抬手,放朱七过去吧。"朱七心里对瞎老范本来怀着仇恨,若不是那天夜里瞎老范和刘尚文串通一气卖假烟,何至于自己被拉去冒充稽察?但此时此刻,朱七绝不敢惹瞎老范,他只盼着能早一时把大褂儿送回家。

"哟,朱稽察,串暗门子来了。"瞎老范抓住朱七不放,阴阳怪气地说着。

"范爷,我哪里敢往这儿逛呀,办点闲事。范爷,朱七给您鞠躬了,我还有事。"朱七只得低三下四地苦苦哀求。

"朱稽察,干嘛将大褂抱在怀里呀,穿在身上多体面,来来来,我帮你穿。"说着,瞎老范就伸过双手往朱七怀里抢大褂儿。

朱七慌了,他将大褂儿紧紧抱住左躲右闪,直到瞎老范将他逼到墙边,朱七顺势转过身子,将大褂儿护在自己的胸前,身子贴在了墙上。

"哎哟!"朱七喊了一声,黑暗中瞎老范的双手似是无意中抓着了朱七的脸,说也怪,瞎老范一个大老爷们干嘛留着尖指甲,活赛是老娘们一样,立时在朱七脸上抓出了血痕。

"你瞧,这可怎么说的。瞎老范忙着要给朱七擦拭脸上的血,朱七抬手挡回了瞎老范,狠狠地往地上啐了口唾沫,什么话也没说,匆匆地从小胡同跑了出来。

"朱七,明晚上鸿祥顺吃羊肉锅贴,我请客,不见不散呀!"背后,瞎老范还在叫唤着。

"天哪,你这是怎么啦!"

活赛是滚地雷爆炸,朱七一座大山似的闯进门来,上气不接下气,又呼哧又喘,一身的尘土,满脸的血迹,吓得宝儿娘喊岔了声儿。

"给你,大褂儿!"朱七将大褂儿塞到妻子怀里,咕咚一声坐在了地上。

宝儿娘没有顾得去接大褂,她先将朱七搀扶起来,给他拍拍身上的尘土,又忙着倒来一盆热水,洗把毛巾,轻轻地给朱七拭着脸上的血渍。"这帮天杀的!"宝儿娘狠狠骂着,"凭白无故地抢人家大褂儿,带上香油去赎,还往人家脸上抓,天生是窑姐儿的玩意儿。"

"嘻,是瞎老范抓的,没想到,一个大老爷们儿光干老娘们活,真不是个玩意儿!"朱七喘匀了气,这才把自己今晚见到刘尚文,后来又进到暗门子里去取大褂儿,再被瞎老范堵在小胡同口的情形,一五一十地讲给妻子听,"人家这儿急得火上房,他偏跟你穷逗,明明是拿我找乐。瞎老范,你等着吧,常赶集没有碰不上亲家的,南市大街,咱两人走着瞧,君子报仇,十年不晚。我说,你先把大褂儿给九爷送回去。"骂到火头上,朱七又想起了那件大褂儿。

"在那污秽地方放了一夜,你不嫌,人家九爷还嫌呢,过会儿,等你睡下我给九爷洗干净了,天燥,一夜的工夫也就干了,明早便给九爷送去。"宝儿娘给朱七擦净了脸,这才又照应他喝水吸烟,看着丈夫终于了结了一桩劫难,她心里也舒展了来,喘了一口大气,她坐在了丈夫身边。

"往后呀,咱就本本分分地过日子吧。"宝儿娘劝着朱七,"咱生来不是穿大褂儿的命,也用不着强怄这口气,你瞧瞧,借件大褂儿,这是惹了多少麻烦?人家有造化穿大褂儿的人,无论是福是祸,都和咱们不相干,穿上大褂儿人家发财行善、坑蒙拐骗、杀人放火都和咱们不相干。咱就是乖乖地这一身小打扮,听人家使唤,给人家当牛做马,无论是神仙老虎狗,生旦净末丑,咱们都乖乖地待候着,咱们生来就是人下人……

宝儿娘唠叨着,朱七一声不吭,过了好长好长时间,他才终于摇头叹息着说道:"当人下人的时候,总盼着能体体面面地做个人;可待到装出个人模样来,才真尝到了不是人的滋味。我服了,服了。"说着,朱七身子往后一出溜,他拉过被子,蒙上脑袋要睡觉了。

"朱七,朱七。"

已经是后半夜了,宝儿娘已经把大褂儿洗干净,搭在屋里绳上眼看着就要干了,朱七呼呼地睡得天昏地暗,突然,窗外传来了招呼声。

"谁呀！"宝儿娘刚刚睡下，闻声马上披衣起来，向着窗外问。

"宝儿娘，我是你胡九爷呀！"

"哦，九大爷，您老回房歇着去吧，大褂儿赎回来了，我给您洗干净了正晾着呢，明日一早就给您送回去。"宝儿娘在屋里说。

"快别提大褂儿了，把朱七叫醒，他惹下大祸了。"没等宝儿娘开门，胡九爷一步闯了进来，他也顾不得宝儿娘正在急匆匆地穿衣服，也顾不得长辈人的种种忌讳，一把将朱七从被窝里抓出来，然后对着窗外喊："孩子，你进来吧。"闻声，又闯进来了一个人，牛小丑。

"嘛事？嘛事？"吃吃怔怔的朱七闹不清是怎么回事，他瞧瞧妻子，瞧瞧炕上还睡着的小宝儿，看看胡九爷，又看见了牛小丑，"你怎么知道我住在这儿？"

"天太热，我睡不着觉，就出来在院门口扇扇子。"胡九爷对朱七夫妻两个说，"就见这孩子在这附近转，我还当他是小蟊贼，一把抓上去，一脚就把他踢倒了，踩在我脚底下，他跟我打听朱七爷在哪儿住。"

"朱七爷。"牛小丑着急地抓住朱七的胳膊，用力地摇着说，"快跑吧，一会儿警察署就抓你来了。"

"抓我干嘛？"朱七立时醒过来了,他慌忙地穿着衣裤问着。

"说你在东方饭店糟蹋女学生。"牛小丑直怔怔地回答。

"我操他祖宗!"朱七蹦起双脚,放声大吼。

"天哪,真是没有讲理的地方了。"宝儿娘早捂着脸呜呜地哭出声来。

"先别闹,你们听牛小丑细说。"胡九爷压住宝儿娘的哭声,着急地说。

"昨晚上,派出所把我抓去了,我还当是卖捂烟犯了案,谁料,进去就是一顿臭墩。"牛小丑揉着屁股说,"问案的是派出所所长,连刘尚文的警服也给扯下来了,举报的人是瞎老范,派出所所长拷问我,让我作见证,说那天早晨在东方饭店有一个穿大褂儿的人冒充警察署大稽察,还见证这个大稽察从济南回来,在火车上拐了个女学生,正赶上刘尚文去壹店,他就假装好人想趁机跑掉,没想到女学生跑出来伸手就抓他……"

"放他娘的狗屁!"朱七吼叫着咒骂。

"连,连刘尚文的嘴巴都给打肿了。"牛小丑哆哆嗦嗦地说着,"还让我们按手印。瞎老范说,大褂儿就是证据,他脸上还有女学生抓破的伤。"

朱七猛然抬手摸着自己的脸,众人也随着往朱七的脸上望去,果然伤痕累累,铁证如山。

"刘尚文已经给扣在派出所里了,他们见我太小,又不知道我跟七爷有这点缘分,这才定了个随叫随到的规矩,放我出来。临出来时,刘尚文偷偷告诉我你在这儿住,他让我赶紧给你报个信,还说原先瞎老范出坏主意要刘尚文坑害你,刘尚文不忍心,没料到他直接告到所长那儿了,还说,上边的参议会追查得紧,朱七爷,你快逃吧。"牛小丑说着,眼睛还直往窗外张望,似是听到了警车的啸叫声。

朱七的妻子慌了,她双手哆哆嗦嗦地抓住胡九爷的胳膊,着急地说:"九爷,您给拿个主意吧,真是没有说理的地方呀!"

"事到如今,也只能出去避避风了。"胡九爷凭着自己大半生的处世经验,给朱七出着主意。"他们往你头上扣屎盆子,就是为了护住自己的面子,不消三几个月,大家伙儿把这桩事忘了,你也就没事了。只是你往哪儿躲呢?"

"躲我那儿去。"牛小丑插嘴说着。

"你住哪儿?"宝儿娘问。

"护城河外。"牛小丑答。

"几间房?"朱七也转过身来问。

"嗐,哪有房呀,半间席棚子。"

"顶好。"胡九爷当即拿定主意,让朱七立即跟牛小丑走,宝儿娘闻声忙去给朱七打点衣物,朱七一时伤心,眼泪籁籁地流了下来。

"九爷,我这老婆孩子,就托您照应了。"朱七说着,几乎要给胡九爷下跪。

胡九爷忙扶起朱七,劝解着说,"你也别难过,命里注定,你有这一道坎儿,忍耐些日子,天保佑,总能苦尽甜来。只是你的老婆孩子,还得你赚钱抚养,我实在是有那份心,没那份力,一个人还三天两头地扛刀呢。"

"我去拉洋车,白天不出来,我去拉晚儿。"朱七下定决心要去卖力气拉洋车,再不在南市大街鬼混了。

"有出息,这一来你们家就该过好日月了。"

一番忙乱,时间已经不早了,胡九爷和宝儿娘将牛小丑和朱七送到路上,宝儿娘还拉着朱七嘱咐这嘱咐那,倒是胡九爷用力地将朱七推出好远,"快走吧,已是丑末寅初时刻了,正是阎王爷派小鬼下界抓人的时候,警察署的车就要来了……"

9

"买报瞧，买报看，天津卫的新闻有千千万！"报童吆喝着，匆匆地从朱七身边漫过去。

每天夜晚十点，朱七拉着洋车出来到火车站干活，十点多钟正好有几趟车到站，人山人海，总有人要雇车。一趟车跑回来，夜半十一点，朱七又拉着空车来到戏院电影院，这时散戏演完电影，也总能拉上客人，一直跑到十二点，还能拉上座儿，这时候暗门子里面的嫖客该回家了，再转到后半夜，丑末寅初时刻，又忙一阵儿，卖假货的，出坏主意的，发财的倒霉的逃案的捕人的都在这时间出来，一直忙到天明，朱七才将洋车送回车厂，自己到牛小丑的护城河外席棚子寓所去避风。

对于家里的情形，牛小丑每日往朱七家给宝儿娘送钱，带回来许许多多消息，警察署抓人的来了，自然是扑了个空，把胡九爷的大褂儿拿去了，说是物证，以后又去了几回，胡九爷出面打点了几回茶钱，最近似是安静了，偶尔也有人去查问查问,不过是例行公事罢了。

闹得最凶的是报上新闻,每天都有新消息,朱七不买报,只听报童编成顺口溜唱着,头几天唱的是:"南市大街出奇案(儿),警察出动抓案犯(儿),半夜三更捕个空,案犯逃跑是断了线(儿)呀!快来瞧快来看呀,特等车厢里也有穷光蛋呀,穿了件大褂儿充稽察,女学生上当受了骗呀!"

到第二天,报童唱词变了,"国民参政开大会呀,程议长演说讲得对呀,南市大街是个大屎坑呀,除了凶杀就犯罪呀。程议长演说戴礼帽呀,他说是这几天中风肉皮跳呀,左脸贴着大膏药呀!"

最近,报童的唱词又变了:"人证物证难抵赖呀,旅馆里还有一条花领带(儿)呀,外边穿着件长大褂儿,二爷他玩的是东洋派儿呀,悬赏一千捉逃犯呀,知情举报分一半儿呀!"

朱七一夜一夜拉着洋车满天津跑,最先他还担心有人会发现他,把他抓到警察署去领赏,可是渐渐地他发现人们从来没想过他与那个悬赏通缉的逃犯会是一个人,如今即使他公开拍着胸脯宣布自己就是那个逃犯,众人也一定会耻笑他冒名顶替,妄想出他娘的风头。

"嘀——嘀——"

又是丑末寅初时刻,朱七精疲力竭地拉着空车在大街上走着,突然背后响起了汽车喇叭声,朱七不敢挡路,忙向一旁躲闪,但没容他躲,早有一只重拳砸下来。狠狠地落在了朱七的背上。没敢反抗,朱七忙往墙边靠。嗖地一声,一辆小汽车开过来,汽车两侧的脚踏板上各站着两个彪形大汉,如临大敌,耀武扬威地从朱七身边飞过去了。

朱七没敢往车里看,小汽车窗子上遮着纱窗,什么也看不见,但看见那个打他的凶汉,朱七认出来这是小桂花坐的汽车。唉,真是倒霉如做梦,发财也如做梦,三五天的时光,说瘪就瘪了,说抖也就真抖起来了。

只是,朱七实在不明白,丑末寅初,这时刻小桂花是从哪里出来,她又是匆匆地往哪儿去呀?

1991·岁末·天津

红黑阵

1

时在公元一千九百二十八年，民国十七年，北伐"成功"，天下一统，近代科学民主曙光照我中华。

有侯九爷者，大号庆余，取"积善人家，必有余庆"之意也。时年六十岁，功成名就，腰缠万贯，在天津城置有房产数百处，其祖居鼓楼东大街的庆余里，一条胡同十几处院落，皆属侯九爷一人所有。侯九爷自幼得意，较至圣先师孔仲尼早成器十年，侯九爷二十继承家业堪称而立，三十开钱庄操纵经济果然不惑，四十享荣华富贵知天命，五十闭门谢客颐养天年，再不受奔波劳碌之苦，再不担成败兴衰风险。最为可贺，侯九爷膝下三公子大器早成，至今已能独当门庭，凡事再不必九爷分心。

侯九爷有钱，且又崇尚儒学。人谓为富不仁，实乃穷小子嫉恨大阔老的咒语也。侯九爷府上虽也有雕梁画栋、亭榭楼台，但绝无酒池肉林，更不闻歌台暖响，不见舞殿冷袖。且侯九爷生性崇俭，自幼虽喂养鸽子，却从不撒米撒豆，每到清晨放鸽笼，呼啦啦飞将去也，晚间归来，一只只嗉子滚圆，绝无半丝半毫饥色。家中上下人等虽不能外出打食，然在家中也视米如珍，偶有儿孙用餐时打喷嚏迸出米粒，侯九爷必亲自拿来鸡子啄食才肯罢休。侯九爷云：五谷者，苍天所赐，一日三餐已属有罪，岂能再容糟蹋作孽？

九爷寡欲，不近女色，除正室外，不纳妾养婢。且九爷体壮，唯宠幸九奶一人；如是，九奶自与九爷结发以来每年必孕，至今生有五男五女，五女自不待言，五男依学孔、学孟、学曾、学颜、学……依次排列有序。

长子学孔，满腹经纶，道德文章盖津门，于今在本地某报任主笔，激昂文字，指点江山，唤醒民众，兼及造谣生事，已被公认为民族精英。

次子学孟一反其兄之道，自幼游手好闲。侯九爷三次送子读书，先去耀华中学，半年后因考试作弊除名；又去木斋中学，不及三月因酒醉错将校长认作卖浆老儿被开除；后去法汉中学，不幸又因向法籍女教师书包放小老鼠而被法国神甫一脚踢出校门。侯九爷无奈，只得听之任之，不求其于学业上有所长进，只求其本分做人不致败毁家门便是孝子。但学孟生性活跃，每日东游西逛，不及三日便已踏遍津门花街柳巷，种种秘闻不时传回家中。九爷夫妇忍无可忍，正欲择日规劝，谁料忽一日学孟扬言要去美利坚开垦金矿，君子一言,驷马难追,草草料理,辞别父母,他竟远走他乡了。可叹学孟一去三年杳无音信,九爷夫妇每思念及儿郎常常垂泪相对,然念及如他一个不肖子孙倘也知改过上进,即使吃苦几年总也应该。

三子学曾原也不知长进,一不读诗书,二不谙经济,三不入仕途,少时更与学孟逆子形影相随,每日不知干些什么勾当。所幸自二子学孟赴美采金之后,三子学曾逐日安分,每日研习功课,不与狐朋狗友为伍,且近来似已有所经营,每日午后离家作事,必至夜半方归。侯九爷偶尔也觉学曾行迹可疑,想究问其操何职业,但又看学曾眉宇间气宇平和,目光中不蕴狰狞,鼻息间没有酒味烟味,想来既不会沦为盗寇,也不致嫖娼宿妓,男子汉大丈夫光明磊落,何必追询其所作所为?如是,侯九爷对三子学曾始才放心。

侯九爷除教子无方之外,极守治家格言:案头无淫书,庭中不见童子优伶,座上有二三十年旧友,堂中有百余年古桌椅,门下有先祖父大人遗留庞眉皓首老仆,院中有先高曾大人垒砌之老炉灶,且有老水缸、老木盆、老条凳、老碗老瓢老锅盖。妇女不识字,口角无闺门事,上下人等禁止挖鼻孔,男女老少一律不随地吐痰,人前不挤眼动眉,说话嗓门亮亮堂堂,不许有媚音媚腔。十二岁以上童子不入内户,女童不出内户。周济贫寒,难人之所难,急人之所急,不许隔岸观火,不许见危不救……

侯九爷精于治家,更严于律己,每日早睡早起,不争名于朝,不争利于市,不存非分之念,不贪不义之财,不嬉笑,非礼勿听,非礼勿视,不越矩,唯以助人为乐。

不幸,倒霉就在这助人为乐四个字上——

一日,时近黄昏,天津城内各行各业正生意兴隆,五行八作一齐涌上街头,叫卖声此起彼伏热闹非凡,有沿街叫卖鱼虾者,有穿巷叫卖柴禾木炭者,也有叫卖耗子药者,闹哄哄中一片国泰民安景象。恰此时,侯九爷赴租界地贺陈姓某年兄寿诞回来,乘人力车悠悠进入城区,街衢两旁华灯初上,人来人往皆黄脸汉子慈祥面孔,果然较租界地隆鼻蓝眼黄毛白脸之徒可亲可近。车进东门里,忽车帮上一只枯瘦污手伸来,随之一声呻吟:"老爷赏个钱吧!"不禁侯九爷眉头微动,若寒蝉一般打个冷战,不免对贫寒市民动了恻隐之心。

信手,侯九爷向怀中摸去,只叹侯九爷津沽首富,怀中皆是百元大钞,零角零分的票子、大钱竟一个也未摸得。无奈,侯九爷在车上对给自家拉包月的车夫吩咐道:"高升,你有零钱先赏他几个,到家后去账房加倍还你。"

"九爷。"车夫粗鄙,头也不回只一味碎步奔跑,且不肯施舍分文,"这年月,好歹卖点力气就能混上吃喝,他自己懒惰，你越是可怜他，才越是害他。明日他还依靠乞讨度日。"

"放肆！"九爷不悦，抬脚用力跺了一下车子，厉声喝道，"至圣先师尚有受厄陈蔡之时，你何料定乞讨之人皆懒惰成性。"说着一时激动，九爷竟"嗖"地一声抽出百元大钞一张，扬臂向乞丐抛去。

"九爷！"拉车夫见状大惊，不由分说放下车把，回身就去抢拾钞票，不料那乞丐手疾眼快早将百元大钞抢去，返身便仓惶逃匿。"我岂能让你白捡便宜！"车夫高升气急败坏，拔脚便追，不多时果然揪住奔跑乞丐，一只老拳砸去，乞丐应声倒地。

"大胆！"九爷见自家仆佣仗势欺人，更是盛怒不已，只一步便从人力车上迈下身子，大步追赶过来，此时早有行人挤来围观，人群中车夫高升将乞丐扭倒在地，双手在他怀中争抢，那乞丐双臂抱紧胸膛，至死不肯交出那张百元大钞。

"这，这是大老爷赏给我的！"乞丐一面在地上打滚躲闪，一面嘟嘟囔囔争辩。

"放屁！"车夫高升不肯善自罢休，仍执意抢回钞票。"我给老爷拉一个月的车才得十元月钱，你一伸手就得百元，哪能这样便宜？"

"大老爷，大老爷！"乞丐被车夫按在地上挣扎呼救，"您老说句话，这钞票明明是您的施舍呀！"

"住手！"侯九爷喝住高升，伸臂将他推开，"他人虽贫寒，然仍是君子，你仗势欺人，还是仆从。"喝斥过高升，侯九爷躬身向乞丐施礼道："这位老哥，怪我家教不严，仆从无知，老朽这厢赔礼了。"

当时，围观人群一片歈歈之声，众人皆是敬畏崇仰之情，有拱手作揖，有感叹者，有老泪纵横者，有感念苍天者，有颂扬儒教者，果然中华古国，礼仪之邦，人心不死，社稷有望，蛮夷之辈望尘莫及焉！

想那乞丐得了百元大钞已是喜出望外，吃顿老拳也无怨言，如今主家居然躬身施礼，他更受宠若惊，不觉竟呜咽得哭出声来："是我不才不肖，竟将万贯家财荡尽，沦为乞丐呀。"呜咽声中，乞丐站起身来向侯九爷连连作揖致谢。

侯九爷见乞丐不念仆从粗野，心中顿觉宽松，便也不想再多唠叨："这位老哥，这一百元钱你去当本钱做个小生意吧，从此也可不再受饥寒之苦。啊，啊！"侯九爷于嘱咐乞丐之时，无意间端详乞丐面容。初时，侯九爷稍感惊奇，渐渐竟目瞪口呆，直到最后侯九爷几乎舞臂高呼："这、这，这不是泰之，吴老年兄吗？"

"啊！"那乞丐突然听见被人称呼姓名，顿时似五雷轰顶一般手足失措，匆忙中他双手遮面，丢下那张百元大钞返身便跑，奔跑中双臂抱头，大有无地自容之势。

"吴年兄,泰之,你、你何致于沉沦至此呀!"侯九爷感慨万千,焦急万分,立时他侧身对高升又厉声喝道:"还不给我快追,快、快!快将吴泰之大人送至玉清池沐浴,再用那一百元钱替他置买一套体面长衫,然后送到府上休养生息。"

车夫自是不敢怠慢,忙将百元大钞拾起,拉起车子疾步追赶,奔忙中高升不忘主子,连连回头张望,侯九爷与车夫心里心领神会,只扬手作答曰:"我自会踱步回府的,你只消快去追他。"

"遵命!"车夫高升见主子悠悠远去,始才如释重负,立时大步奔跑,且一路大呼:"站住,即使你是飞毛腿也跑不过我草上飞,今儿个,你跑不脱啦!"

吴泰之与侯庆余,自幼形影相随,如手足,若昆仲,且同年同庚,俨然孪生兄弟。同气相求,同病相怜,入学书馆之后,同因不读书互打手心。此位先生计毒,知唯兄弟共勉方能上进,故每于二人背诵《论语》含糊其词混水摸鱼吐字不清妄图乌烟瘴气蒙混过关时,便令他弟兄二人相互以戒尺打手心,要响要脆要重要手心见红,且相互责问:"尔知耻乎?"又相互回答:"知耻近乎勇!"方始罢休。明日再背《论语》,学而时习之不亦说乎有朋自远方来不亦"热乎"……

及长,吴泰之与侯庆余携力经商棉纱,二人密谋计策串通消息,或作假行情或放假风声,一时间津沽棉纱市场竟被操纵于吴、侯二人之手。英人诡诈，怡和洋行几次欲独霸棉纱生意，然侯九爷抛售在左吴泰之抢购在右，竟使英人如陷五里雾中。段执政发兵南下，吴大帅挥戈北上，今日济南吃紧，明日奉天被围，怡和洋行集华英智囊精英，搜索枯肠，竟无力与吴、侯二人抗衡，终以作赔本生意告终。事过之后，吴泰之设酒席宴请巨富名绅，酒过三巡，席间哈哈一笑，拱手向众商贾谢罪曰："泰之多有冒犯，祈谅祈谅。"原来段执政兵进四十里，也是吴泰之八千两白银买通机关的一局棋子；吴大帅后退四十里，更是吴泰之白银八千两求下的面子。这一进一退，时局动荡，天津股票大涨大跌，棉纱生意一起一伏，大伙全都倒霉上当，唯吴泰之与侯九爷发了横财。

侯庆余与吴泰之，真响当当一对铁哥们是也。

然泰之好赌，自幼便喜转彩，将一文钱送到吹糖人处，转动彩盘，中彩者得一肥猪拱门，不得时只得糖粒一枚。吴泰之精明过人，十有九中，偶尔更有中大龙者，好大一个糖铸的"龙"字，举在手中极显得意。入学书馆后，赌心更盛，每于放馆回家时便先将两根草苗握于手中，长者为赢，短者为输，输方作马，赢方为大将军，如是输方当将赢方背回家中。侯庆余也鬼，揣测泰之心计，先输几番之后便知其中奥妙，泰之为迷惑庆余，凡短草苗必多露掌外，长草苗则深握掌中，抽草苗时庆余见短草苗先抽，从此每赌必胜，泰之无奈，日日作马驮人。久而久之，吴泰之身强力壮喜走路十里不歇，而侯庆余则弱不禁风，百病缠身，该也不无道理。

三年来，侯庆余引退，尽情享用半生挣得的万贯钱财，从此再不往来于商栈与洋行之间，老友旧好久疏音讯。吴泰之壮心不已，依然经营钱庄，颇有掌握中国经济命脉之雄心，立意独霸江南江北，将各路财阀统统击溃，令尔等为自家扫地打更护院看瓜。

…………

"一言难尽啊！"

吴泰之沐浴理发修面更衣之后，俨然又是当年富绅，坐在侯九爷府上大客厅里，酒下肚，羞愧万般，经侯九爷再三询问，方悔恨感叹说起来自家际遇。

十商九赌，决非虚言。商贾诸君，皆精明过人，才智超众，生意道上一靠心计二靠运气，而世间集心计与运气之大成者，唯赌博也。赌博，或输或赢，胜负各半，无论麻将、牌九，一律是"点儿"向下、背朝上，唏哩哗啦推洗杂乱，一张张摸来重新排列有序，靠的全是运气。而所谓运气者，实为心气也。阳刚，则运气佳；阴弱，则败兴。以阳克阴，精气上升浊气下降，终日七窍开通心胸豁达，必事事称心处处遂意；终日快快且愁眉苦脸者，必喝口生水也会塞牙，丢个屁砸了自己脚后跟也！

吴泰之十载经商,福星高照,只赚不赔。发迹之后又开设钱庄,市面上早是个叫得响吃得开的人物。约定俗成,凡津门金融巨子,每周三必聚首英租界同文俱乐部,一为交流金融信息,二为分析金融动向,三为互相融通资金。金融巨子聚首,不似开国会,议长于台上一手持木槌一手持小铃,议员坐台下肃穆安静,且一一发表演说,温文尔雅,气度非凡。金融巨子聚首也不似打茶围,嬉皮涎脸贫嘴馋舌,再有三五姐儿娇声娇气,或立身后或坐怀中,偶有唱曲者演唱《五更天》,如是也太不正经。同文俱乐部,不过洋楼一幢,门外不张灯结彩,室内不闻靡靡之音,只大厅几张八仙桌,十几位金融巨子分四人一桌大摆方城之阵,几副麻将牌,东西南北中,便作了种种交易。

"搓麻将,也不致于倾家荡产呀!"侯九爷听吴泰之叙过端倪,仍不解其中奥秘,难免摇头叹息,"凭你吴泰之大人的财势,莫说是一个人搓麻将,就是满府老少子女儿孙一齐出阵搓麻将,也够你赌它个五十年一百年的呀!"

"怪我荒唐!"吴泰之顿足磋叹。

贪婪之念,人皆有之。有贪财者,有贪名者,有贪官者,有贪色者,不贪之人固也有之,非无欲也,乃轮不上"个儿"也。吴泰之开设钱庄,自任董事长,一不坐账房,二不站柜台,每日清闲百无聊赖,除每周三大摆方城之阵赌至来日天明之外，其余时光不知如何安排。何况吴生好赌，每周一次难以尽兴，便于同文俱乐部外又寻去处。

中华古国克勤克俭，自古以来不设赌城；西人奢侈，挥金如土，各国皆立赌城广收天下赌棍一决雌雄。甲午以来港澳割让，西风东渐，澳门已成赌窟，真是半城赌徒半城贫，悬梁投海者月以百计。中华黼达不设赌城但设赌国。上至皇亲国戚王公贵胄，下至黎民百姓市井无赖，无人不赌。有赌具：麻将、牌九、骰子；无赌具：摆石子，出手指，抽草苗，手心手背，信手拈来。有赌场，张灯结彩，有酒有饭有美女有鸦片有睡乐床室；因地制宜，农家炕头，街头巷尾墙角儿旮旯儿，直到孔庙院外官府衙门，无处不可设赌。有钱的，大赌可至成千上万，小赌一个小钱半个铜板一颗花生米两粒茴香豆。有物的，金银细软珍珠翡翠，房产土地牲口骡子牛；没物的可以赌老婆女儿，还可以割下一根手指赌上一条性命；乳臭小儿亦赌，输家唤赢家一声："活爹。"

吴泰之初入赌场，旗开得胜，英租界私人俱乐部打"派司"(扑克)，大吉大顺，牌未必极好，精气神却显绝壮。明明底牌扣着红桃五，却硬碰硬与对门黑桃皇后拼赌注：你押五十，他押一百，三百五百直至上千，待到对方心惊肉跳收牌认输，他才将红桃五亮出，以巧取胜，仗势压人，哈哈大笑声中双臂将如山赌注搂到怀里，斗的是个气。日租界推牌九，大牌九天门地门,靠的是智谋,天门小地门大玩的只是配牌的功力。小牌九一翻两瞪眼,赢得快输得惨,大有白刀子进,红刀子出的势派,只能算是"腥赌",玩得不够文雅。法租界赌场五花八门,只是赌场内阴盛阳衰,一切赌注均由花界女子代送,转动轮盘也由妙龄女郎挥臂,且尔等女子无论春夏秋冬皆穿薄纱长衫,贴身不着小衣,几处销魂隐私依稀可见,明为设赌,实为宣淫,正人君子不为也。

芦庄子地处东南城角外,为通万国租界地之咽喉,商号毗邻百业兴隆游人不绝是一处繁华地界。天津卫最气派最公正最可靠最阔气最可信最有声望的宝局,当属芦庄子宝局,逛天津卫不可不去三不管,去三不管不可不经芦庄子,逛芦庄子不见识见识宝局,人生一世才是虚度了光阴。

吴泰之玩腻了英法德意日荷比奥俄万国赌博游戏,最后进了芦庄子宝局,宝局主人摆下红黑阵,布好红、黑二门,赌徒押注,押一得三,众目睽睽之下决无人敢作半点手脚。前半月有输有赢,输得心服,赢得痛快,全是自家计谋。半月后小有兴隆,一日之中连中五次红门,白花花银票竟赢了四万元,算一算半生经营棉纱开设钱庄所得红利不过十余万元乃尔,如此玩耍之中巧取天下真是易如反掌不费吹灰之力。兴头上,乘胜出击,红门、黑门,三押未中乱了方寸,押红红不开,押黑黑不灵,今日输了,明日败了,呼啦啦大厦倾,金银细软没了，房产商号没了，古董玉器没了，连长衫鞋子也没了，"庆余大兄，我无颜再见家乡父老了。"

"荒唐，荒唐！"侯庆余又是一番欷歔，其中固也稍有责难之意，"赌场若陷阱，泰之吾兄明明是自投罗网呀。想你我奔劳半生，些许财产来之不易，一时糊涂如此挥霍了，可惜呀可惜！"

古训云：赌者，伪也。设赌者必诡，善者谲诈多变，恶者暗设关节，作手脚，诳骗世人。侯九爷嫉赌如仇，倾家荡产，为害莫大于赌者。侯府之内无论喜庆寿日，亲友宾客只能品茗清谈，决不戏赌，上下人等无人敢斗胆倡议"打八圈"。侯九爷拜官访友，只赴宴饮酒，即使主家再三恳请，宁肯撕破面皮伤了情谊，也不肯迁就应酬。赌博伤财害民，因赌积怨，直至杀人越货者，时而有之。

侯九爷以身作则不事赌博，更于以赌行诈者深恶痛绝；倘遇此事，侯九爷便拍案而起不畏强暴，当场戳穿设赌者之谲诈，令行诈者如过街老鼠，人人喊打。

时在第二次直奉战争，张大帅率兵马过山海关挥戈南下，天津城一时被奉军占领，是时侯九爷与吴泰之正在携手经商，犒劳奉军一路烧杀辛苦，乖乖将上千两白银孝敬上去，如此才免了查抄之灾。不料一日晚上，奉军一丘八旅长发下帖子，等待侯九爷、吴泰之赴宴，席间丘八旅长当众向一老媪跪拜如仪，身边并有唱礼先生唱曰："一叩首，恭贺高堂六十大寿，二叩首，叩谢老母养育之恩。"当即侯九爷、吴泰之各自呈上四十块银元作寿礼，以表敬意。丘八旅长谢过侯、吴二位乡绅之后，并引二位乡绅晋见寿星老娘，侯九爷眼明，一眼便看出座上老媪实乃侯家后花街柳巷老鸨娘也。退出寿堂，吴泰之向侯九爷窃窃耳语道："怪哉，他丘八旅长何以会携老娘率师出征？"侯九爷莞尔答曰："居然你还要问个明白，我早料定必是婊子无疑。"

贺拜之后，侯九爷、吴泰之才要告辞，谁想那丘八旅长早又是一拜，诚心挽留侯、吴二位乡绅戏赌，侯九爷执意不肯，便正颜厉色回答："侯某人克俭，终生不赌。"只可恨那丘八旅长恳请再三，一手阻拦侯、吴二君，一手便伸至腰间掏枪，无奈，不过再输他百八十元罢了，好汉不吃眼前亏。

摆赌桌：圆台面八仙餐桌，红线毡，八面为上；验赌具：青龙贴花细瓷饭碗一只，无裂纹无烧结瓷釉无坑凹麻斑。骰子三枚，一一用戥子称过，重量相等不差一厘一毫一丝，一一抛于碗里音响清亮，不爆不闷不哑。无诈，丘八旅长作东，率先掷骰。

这丘八旅长果然是久经沧桑老赌棍，他掷骰时先将一只骰子在两指间用力搓弄，随后突然扬臂高高抛出，如银针落金盘,悦耳一声音响,骰子在碗内旋转如飞。约半分钟,骰子旋转速度渐渐缓慢,丘八旅长才将第二枚骰子向第一枚砸去,朗朗声响未止,第三枚骰子又如流星落地,闪电般一道白光入碗,哗啦啦,三枚骰子戛然停住,两枚二点,一枚五点,丘八旅长大喜,连呼"五侯"!

"侯",即为"点"。骰子正方形,六面,一对六,二对五,三对四,六侯最高,一侯谐称"眼儿侯",无地自容,乖乖认输。

主家掷过,赌客轮番掷骰,"点儿"数必超过主家方始为赢,以一赔五,主家心甘情愿。第一位赌客心不在焉,只求早输光早逃脱,胡乱一抛,四侯,赌注十元,任丘八旅长搂去。第二位赌客,出师不利,幺二三,小辫子,自将门前赌注送呈旅长面前。吴泰之并无赌意,将骰子在手中掂量稍许时分,举目睨视九爷,其意似想较量,"五侯"虽大,终还有个"六侯",奢望取胜不为妄想。九爷无语,只双目凝望赌桌,吴泰之三枚骰子抛至碗中,也仿丘八旅长一一旋转,只其中一枚才转几转便懒洋洋停下,只将个三点朝天亮出,有了一个三点,休想会有"六侯",泰之只得认输。轮到侯九爷掷骰,他双手将三枚骰子摀在掌心摇了又摇,然后猛然双掌分开,先有两枚骰子落碗,一枚是四,一枚是五。侯九爷眼中一看,若第三枚骰子落碗为六,则四五六大顺,胜"五侯"一筹,若为三,则三四五居次,认输。侯九爷经商多年,人虽忠厚,但于诡诈能明察秋毫，他谈笑间将第三枚骰子举起，向丘八旅长问曰:"几点?"丘八旅长答曰:"六!"侯九爷一笑,唱道:"三!"骰子抛出,果然是三。

第一轮,十名赌客人人皆输,只须臾间,丘八旅长净赢百元,第二轮、第三轮,依然如故,丘八旅长也掷过"三侯",明明输局已定,无奈众赌客人人败兴,或"一侯",或"二侯",侯九爷独为"眼儿侯",眼巴巴望丘八旅长大胜。

华灯初上,天时渐晚,众赌客已输得丢盔弃甲,人人求饶高悬免战牌,只是那丘八旅长赌兴正浓,自然不肯放人还家。

"旅长大人开恩,小可们已是一文不名了。"众赌客纷纷央求连声。

"不能不能。"丘八旅长伸臂阻拦,"你在关里,我在关外,今日相聚也是爹娘积德留下的缘分,一定要要,一定要要。各位手头不便,我已派马弁分头赴各家府上代取,不时即可回来。"

"啊?"众人立时惊愕失常。

"九爷,我等就要败家了。"趁丘八旅长吸烟之时,一乡绅含泪向侯九爷哭诉,其情其景感人至深。

"庆余,你要想个办法呀!"吴泰之有勇无谋,危急时只能求助于九爷。

侯九爷不动声色,沉吟良久。半晌,待丘八旅长重返赌桌,九爷一步迎上去,轻轻一笑:"旅长大人赏脸,我等不敢不识抬举,只他们许多人出门时未嘱晚归,家人念念,要来也不轻松。倘旅长不弃,只留我侯某人与吴年兄在此奉陪,也特是我二人三生有幸。"

"好!好!"丘八旅长拍着巴掌满面笑容,"我就跟你们哥儿俩耍。"

"庆余。"吴泰之立时慌了手脚,"难道你真舍得那份家产吗,辛劳半生血汗赚下的钱财,来之不易。"

侯九爷面不更色,只一一将同乡友好送出,然后一声"请",与丘八旅长重回赌桌。

依然丘八旅长作东,骰子掷出"五侯"。仍然取胜有望,丘八旅长微呈笑意,睥视九爷,言外之意似有轻慢,攥吧,不过"五侯"而已。

侯九爷毫无惧色,他缓缓将骰子又握在双掌之中,摇动再三,忽然之间只见他张开嘴巴,噗的一声将三枚骰子同时含在口中。丘八旅长大惊,急问:"作甚?"侯九爷又忙将骰子吐回掌中,答言:"借吉。"哗啦啦,骰子掷出,果然"六侯"!

以一赢五,侯九爷反败为胜,泰之仿效,亦得"六侯",二人大喜,加倍下注,丘八旅长面有惊色,迟疑再三,却又不敢逃赌,只得再掷骰碗中:"眼儿侯!"

市井有小人，赌场皆君子。信、义二字，唯赌桌上才见分晓，赢不骄横，输不赖账，只凭君子一言，输了老婆，也要于掌灯前运到赢家，决不能多留自家一夜。气急败坏粗脖子红脸满头大汗横眉立目拍桌子打板凳打架骂街满嘴污言秽语者，不配算是中国人！

连输三局，丘八旅长乱了方寸，他将三枚骰子一一灯下察看，似无破绽，又按旧法，再掷一骰于碗中旋转，再将一只骰子砸去，再砸，"幺、二、三"！

时来运转，不多时侯九爷、吴泰之门前钱钞已是堆积如山，侯九爷面容平和，吴泰之稍有喜色，丘八旅长汗珠子吧嗒吧嗒坠地有声。

"有诈！"丘八旅长输个精光，七窍如焚，"啪"地一声将手枪拍在桌上，向着侯九爷大声喝道。

"赌桌摆在你家，赌具是你私物，骰子又是你的珍藏，我等不过宾客，有诈，应是你诈，我等如何做得了手脚？"侯九爷振振有辞，直驳得丘八旅长理屈词穷。

"这骰子在我手里，就没下过'五侯'。"丘八旅长快快争辩，仍然细细审视赌具，再掷，扔是"眼儿侯"，再掷，又是"眼儿侯"。"不要了！"丘八旅长怒气冲天，顿足愤然离去。走出几步仍愤愤不平，一手拉住侯九爷询问："老哥哥，我算服你了，只请说明你如何破了我的迷魂阵，我便放你回家。"

"不可言传,不可言传。"侯九爷扑朔迷离神秘莫测,越发激怒丘八旅长。

"妈个╳!"丘八旅长终于喊出炎黄子孙最忌讳的那个脏字,举枪对准九爷威胁。

"旅长息怒,旅长息怒!"吴泰之忙好言劝解,只是那丘八旅长混账成性,他怎肯轻易认输,眼巴巴到嘴的鸭子飞了,刚赢到手的钱财又光了,那才是忍无可忍,非来个无毒不丈夫不可了。

"嗒嗒嗒。"忽然间枪声大作,火光冲天,万炮齐声轰鸣,奉军兵马一齐涌上街头,"直军来了,直军来了。"人喧马嘶,乱作一团。丘八旅长听见枪响,又见直军旗帜已高悬城头,知是中了埋伏,便早抛下侯九爷及吴泰之,抛下他才认了半日的鸨母亲娘仓惶逃命去了。

奉军溃败,津城显得安宁,侯九爷将当日各位乡绅赌输的本钱一一送返本主,各位乡绅自是不肯受纳,众人商定共摆一品燕翅大席一桌,向侯九爷表示敬意。

"九爷。"席间,吴泰之向庆余敬酒三巡后问道,"那日,你如何破了丘八旅长迷魂阵?总该说明了吧。"

"嘻,不值一提,不值一提。"侯九爷洋洋自得推让再三,最后才道出此中端的,"你看他丘八旅长掷骰时先将一只骰子在碗中旋转,然后将第二只骰子用力砸去,这关节就在第二只骰子上面。三枚骰子虽然分量相等,但第二只骰子八个端角轻重不一。他用得巧,每掷必有三点朝天。"

"那九爷何以将骰子含在口中呢?"泰之仍然困惑不解,顺势追问。

"我破它迷魂阵,就在这含在口中的瞬息之间,于口中我将他第二只骰子最轻的端角上咬了一下,虽不见牙痕,但变了重量,如此再掷起来,在他手中已属不灵,到我手中则旋转自如了。哈哈,哈哈。"说罢,九爷捋髯朗朗大笑。

"哈哈,哈哈。"众人一齐随声附和。

"九爷圣明!"泰之连声赞誉。

"不敢,不敢。"侯九爷更加谦虚,他起身连连向众人施礼后说道,"不过尔虞我诈罢了。"

吴泰之寄食于侯九爷府上已届月余,举家上下彬彬有礼视若上宾。清晨,有学曾以下晚辈问安;午后由侯九爷亲自奉陪对弈。至晚,或与九爷为伴共赴大舞台包厢观剧,或同至义仁轩听艺人说古。且每日三餐山馐海馔一品火锅食不厌精,席间必有美酒佳酿玉液琼浆一醉方休,吴泰之暗中虽有乐不思蜀之意,但寄人篱下终不是个滋味。

侯门尚孝,凡晚辈皆不得过问尊辈行止。吴泰之虽客居侯府月余,学曾以下侄辈孙辈,绝无人询问吴老年伯何以不住自家府第,却一连几十天作客侯门?子从父命,孝之本义,学曾见家严大人既挽留吴老伯父,其中必有道理,为子之道,在于顺从父命,自己每日只管按时请安敬酒就是。

一日午前,学曾正在书房读书,侯九爷信步缓缓走进厅来,学曾闻声肃然起立垂手恭候于案前,手中尚握紧一函展开的书卷。

"你坐吧。"侯九爷自先于上座落座之后,方才轻声对儿子学曾说道。

学曾谢座后,欠身半坐在一张梨木雕花方凳之上,双手扶膝,身躯微向前倾,时时准备回答父亲大人垂询。

"你在读书?"侯九爷睨视学曾手中书卷,看是《春秋繁露》四字,便说道,"董仲舒其人推崇公羊学,杂凑阴阳五行学说,立论于天人感应,于人于事多有牵强比附之处。你正处于而立之年,还是应以《论语》为修身之本才是。"

"孩儿遵命。"立时,学曾将《春秋繁露》收好,起身束之于书橱高阁顶端,随后才又向父亲大人禀告说,"也是我只作闲中消磨罢了。道德文章未有大于《四书》者,孩儿每日研习自勉,今蒙父亲大人训斥,自此之后更该用心。"

"我不过说说罢了,你也不必过于自责。想我侯姓人家以诗书传世,儿孙们无论读什么邪说都不会为之所惑的。"

学曾应声谢过训斥,便又侍奉父亲大人点燃水烟袋,水烟袋吸时发出咕咕声音,书房之内更显清幽。

"学曾啊,我是找你商量事来的。"几口水烟下肚,侯九爷面色更显滋润,摇头摆脑,便又说起话来。

"无论什么事情,父亲大人只要吩咐就是。"学曾又要起身肃立,侯九爷只挥手示意他免了礼法。

"吴泰之大人的事,想必你是知道了。"

"孩儿不敢询问。"

"嘻,明说了吧,他,败家了。一败涂地,倾家荡产,如今连个去处都没有了。"说罢,侯九爷面呈无限惋惜之情,既有怜悯,似也稍有责怪。学曾一旁自不敢放肆插言,吴泰之乃家严大人挚交,情若手足,晚辈们只尽孝心尚恨不能尽力,于其荒唐行径焉敢稍有微词?

"赌博,输光了。"不待学曾询问,侯九爷径自述说,"那赌局,是随便去得的吗?偏他自以为聪明过人,便走上了这条险路。"

学曾依然不置可否,于尊长毫无责怪之情,为人子,当为尊者讳,而身为尊辈,似当讳之事,自然都是些不要脸面的勾当。吴老伯父参与赌博自不应该,倘自家老子也染此恶习,为儿孙者莫非也要怪罪吗?老子就是老子,背地里老子无论怎样不是玩意儿,人面前,他也仍是老子。

"其实呢,于市面上经商,赌博本属应酬,偶尔为之也属常情。偏他生性好胜,暗中又动了贪财之念,一失足下了芦庄子宝局……"

"芦庄子宝局?"侯九爷话音未落,学曾竟一反常态脱口出声打断父亲话语,不由得侯九爷为之一惊。举目,九爷向学曾望去,学曾似身子微微打战,面色也极紧张。

"你也知道这个地方?"侯九爷忙着追问。

"只是耳闻,只是耳闻。"学曾镇静些时已恢复常态,这才回享父亲询间,"天津人谁不知芦庄子宝局?"

"听说芦庄子宝局有一高人'作'宝,无论什么人押宝都要输在他手里的。"侯九爷见儿子于芦庄子宝局似不甚了了,便又继续解释,"本来呢,为赌必诡,可是这押宝,是绝对做不了手脚的。宝匣之内只有黑红二色,赌局内也只有红门、黑门。宝匣由童子传入密室,密室无窗,门户紧闭,作宝人不问押宝输赢,只一人作成宝底。宝匣传出才押赌注,输赢全靠运气靠心计,押宝赌徒琢磨作宝的神仙,作宝的神仙琢磨赌徒众生。你说何以那么多人就斗不过一个神仙呢?"

"孩儿不敢妄论。"于赌博,学曾自不敢有所评议,只以一副全然不知神态回答。

"反正,他吴泰之是输光了,若不是我路上偶然巧遇着他,他羞愧难容贫病交加投河上吊也未可知。"侯九爷说到凄怆处,不免欷歔有声。侯学曾仍一旁聆听,不置可否。

"吴家与我家乃多年世交,奉养吴老伯父,孩儿责无旁贷。"听了许久,侯学曾揣测父亲似要自己对吴泰之尽人子之道,不要因他落魄贫寒而视累赘。

"吴大人原来也是津沽首富,重享昔日荣华,我家是心有余而力不足了,但我们帮他想办法,一要有个住处安身,二要终生不愁衣食温饱,除此之外他也似不再有奢求了。"

"孩儿领会。"学曾忙恭敬回答,"梁园虽好,终非久留之地。我辈于吴老伯父孝敬奉养再好,只怕吴老伯父也有不便之时。"

"那你看如何办呢?"侯九爷望着学曾又问,"你长兄学孔只知读书不食人间烟火,凡事一问三不知,你二兄学孟又一心实业,远在异乡往来不便,家中一切,全要你劳累了。"

"这也是父亲的器重。"学曾心甘情愿,这支撑家业的重任自然不容推卸,"有什么吩咐,父亲只放心交孩儿去办就是。"

"我看这样。"筹划些时,侯九爷便思忖着说道,"你去给吴大人买一处宅院,自不能太豪华,却也不可过于简陋,总要让吴大人觉得体面。买妥宅院之后,你还要帮我想个办法送吴大人去新居安身,还不可让他觉得受了什么恩施,免得心中暗含愧意……"

"孩儿一定尽力去做。"学曾连连点头答应。

三日之后，侯九爷正等侯学曾为安置吴泰之诸事消息时，不料吴泰之竟率先拜谢侯九爷几个月来茶饭之恩，并述礼告辞来了。侯九爷揣测学曾办事未必如此神速，更担心泰之大人此去未必有安身立命之所，便挽留再三盛情恳切。

　　"吴年兄屈尊寒舍，已使我侯门四壁生辉，不是天意作美，如我这等人家八抬轿子都请不来老年兄的，一月光阴匆匆荏苒，你我手足尚未畅叙尽兴，何以老年兄竟有归意，莫非愚弟有什么得罪之处吗？"侯九爷恳切之态可亲，挽留之情出于肺腑，吴泰之已是潸然泪下。

　　"庆余贤弟啊，非手足之谊，谁肯助我于败落之时？想我富时，视万金如粪土，彼时彼际门庭若市，诸般阿谀奉承之徒以珠宝珍玩晋见，虽被我拒之门外而不恼怒，有三日三夜门外候见者，脸皮厚得真也可以。可叹待我败落之后，为求一餐残羹剩饭求上门去，他等竟视我若路人，世态炎凉令人不寒而栗。唯庆余贤弟救我于危厄之时，才使泰之有幸得识人间真君子。茶饭之恩，来世可报效牛马，济难之情，万古无以偿还呀。"喟叹间，吴泰之呜咽有声，抽抽噎噎老泪纵横。

　　"老年兄，庆余冒昧，请问年兄此去……"

　　"啊，真也是天不绝我呀！"吴泰之稍事休息后才道出其中端倪，"昨日傍晚，芦庄子宝局托出中人找我，退回了我赌输的一处房产。"

"怪哉！"侯九爷不免为之惊讶，"赌场之中无情无意，卖儿卖女的赌注尚且输赢无情，何以他竟肯退你一处宅院？"

"也是我当初粗心。最后一次押宝，我将十万元置于红阵，自然开宝后原是黑阵，我只能如数付赌债。是时我早已把家产输光，所剩只有父辈留下的津浦筑路期票，倾囊而出不过九万，这才又加上了最后这处宅院，自甘扫地出门。谁料那中人退我房产时说，我付的九万筑路期票原是本金，兑换时尚有一万利息，如此那一处宅院就完璧归赵了。"

"天意，天意，这是天意呀！"侯九爷听罢也是热泪盈眶，为泰之老兄绝处逢生而欣欣不已，"易曰积善人家必有余庆，果然是善门后裔必逢善事呀。既如此，愚弟也就不再勉为挽留了，老年兄家中还有许多事情急待安顿，那就容我设酒送行吧。"

"愚兄我更是感恩不尽了。"吴泰之又谢过侯九爷老弟之后，便正颜盟誓道，"我知贤弟于我尚有牵念，我于绝处逢生已属侥幸，从今后一定不再参与赌博，安分守己自甘贫寒，再不能有分外之念了。"

"如此，庆余也就放心了。"侯庆余忙向泰之作揖还礼，喜悦之情溢于言表。稍时，侯庆余方又淡淡询问："事情之后，我倒有些疑惑，凭泰之我兄机敏才智，何以竟在宝局之中连连败北，愚弟也知凡赌必诈，可押宝作赌，红黑二阵，无论主家赌客，是谁也做不得手脚的呀。"

"红黑阵，实属斗智，主家只管作东设赌局，作宝的神仙隐处密室不问赌场胜负输赢，他一人或设红阵或设黑阵，其实也没有赌谱，凭借的只是对赌客求赢心切的揣测。红黑阵上是千百赌客斗小神仙，却又是小神仙一人智胜千百赌客。莫非世上真有智谋超人的神人公？至今，我也还是愤愤不平。"

"这芦庄子宝局的神仙，必是诸葛亮再世无疑了。说斗智，你我二人无论经商理财，华府洋场，也算得是所向披靡天下无敌了，那时三十六路七十二阵，我等皆百战百胜绝无失误之时，何以宝局上只有红黑二门就成了只败不胜的迷魂阵了呢？想他作宝的神仙也不过肉身凡胎之辈罢了，智者千虑尚有一失，偏不信他就能永远胜券在握！"说话间，侯九爷竟愤愤然以手击案，啪啪声震响屋宇。

"这个气儿可是斗不得呀，弄不好就要倾家荡产！"吴泰之心有余悸，忙连声劝解。

有吴泰之寄食门下，侯九爷每日有人陪伴对弈论古叙旧，日月极是有趣，突然吴泰之还家，侯九爷又归寂寞，每日也觉百无聊赖，不知如何打发光阴。

侯九爷虽然儿孙绕膝，但日间儿孙辈或读书或做事或经营家业，深宅大院之内常悄无声息，只任雀儿野鸽闲庭信步,静得颇为冷落。侯九爷功成名就,自不必再用心读书,家中诸事有学曾操持,凡事皆不必躬问。为消磨时光,侯九爷每日午后必至城外中和轩听什样杂耍,或京韵大鼓或梅花调,唱的皆是天下太平。什样杂耍散场后时在黄昏,侯九爷为锻炼筋骨,便信步沿街行走,一来也为于喧嚣市声中观赏众生相,看红尘间种种纷争。

一日傍晚,侯九爷信步走至城外,无意间见路边新设起维新路标,醒目方牌上写红漆大字:芦庄子。九爷一怔,心中暗自惊叹,这原来就是泰之年兄失足之处。举目搜寻,又只见这家商号生意兴隆,却不见有食人魔窟隐匿其间,侯九爷不免喟叹,方知欲自投罗网,也要有妖魔引路。

侯九爷正留意寻访芦庄子宝局所在,突然间一精瘦黑汉迎面仓惶奔跑而来,猝不及防,未等侯九爷闪身躲避,那黑汉竟与侯九爷相撞满怀。侯九爷步乱几乎跌倒,极为恼怒,正待以力殷恶语喝斥,谁料那黑汉竟不顾致歉又狼狈逃去。侯九爷扶墙刚刚站稳,又遇四名壮汉追赶而来,一阵黑风兜起,四条壮汉漫过侯九爷身旁:"抓住他,抓住他。"喊声随即响彻街衢。

侯九爷原以为这芦庄子靠近南市三不管一带地界,游人杂乱之中常有偷儿窃贼作恶,想此逃命瘦汉必是歹人无疑,恶有恶报,偷人钱财自当受到惩处,为人行善,也不可若东郭先生怜悯豺狼。思忖间,侯九爷正欲扬长而去,不料人喧处忽然一声惨叫惊地动天,侯九爷举目,只见马路正中人山人海水泄不通,一辆电车停在路中,众人团团围住,个个面呈恐惧指手画脚议论纷纷。侯九爷站在远处,自辨不清人群中出了什么祸乱,只见人群中电车司机探出头来大声喊叫:"你寻短见,干嘛撞车?"

莫非是那瘦汉迎面扑在电车轮下?惨哉!同类相伤,侯九爷不免又动恻隐之心,缓缓向人群走去,倘能救助,自己必先解囊。走出几步,侯九爷距人群尚有四五丈远,呼啦啦人群闪出一个甬道,人群中,四个壮汉提着血淋淋的那个瘦汉汹汹走来,为首一个壮汉一边行走一边谩骂:"你休想以一死赖账,趁你还有一口气,快去你家将女儿带来。"那瘦汉车轮之下头破血流已是奄奄一息,拖拖拉拉只一路呻吟而去,背后一群闲杂市民尾随而来,七嘴八舌各有评论。

"既将女儿押赌,就当有大丈夫气概,死赖账,算不得是条好汉!"

"如今是你输了,便求个一死了结;倘你赢了呢?人家能不赔你个黄花闺女吗?赌桌之上方见真君子,亏你还披张人皮!"

"真哏!真哏!""哏"者,津俚"开心"之谓也,自是赞赏这番热闹好看。

似是要把事情看个结局，侯九爷身不由己竟也随众人走去，不远处四条壮汉拖着那个瘦汉，走着骂着："先拉他去宝局洗洗干净。"一壮汉在前引路，不多时便来到一处大宅院前，这宅院门前安静，既不停车又不拴马，也不见小贩叫卖，外表看去明明是什么要人府第，宅门虽然洞开，影壁下面山石叠翠，颇是幽雅非凡。转眼间，那四条壮汉已将无力挣扎的瘦汉拖进门去，众市民有泰然尾随入院者，大多则只聚集门外观望动静。稍时，一恶汹汹大汉自院中走出，向门外围观众人拱手礼拜曰："诸位爷们儿，这儿不是'起腻'的地方，有钱的进来碰碰运气，不耍的尽可以去别处寻开心，散开吧，散开吧，再不散开我可说好听的啦！"说话间他用力将一不识相的闲人推开，同时将一句好听的言语抛出口来："我操你妈妈！"

　　果然，这里竟是芦庄子宝局无疑了。也罢，既然天意撮合，自己何不顺水推舟？押宝乃我中华国粹，生为国人当识此庐山真面目。未及犹豫，侯九爷挽起长衫大步走进院门。

　　"二爷，先请这边歇脚。"院中一白面青年温文尔雅，似书生似举子文质彬彬，见有初到者，忙迎上前来将侯九爷引至一间花厅。侯九爷非赌场中人，自不知此中分晓，赌场内每见有生人初到，必先迎到侧厅稍事小憩。因平日中常有严父寻找逆子者，倘被堵在赌场，轻则拳打脚踢，重则棍棒相加，故赌局每见有面生人初到，必先由先生陪坐敬茶，如是三天之后确有赌意才敢引进赌场，此后再有胜负输赢一概由个人受用。

"老前辈用茶。"侯九爷走进花厅之后，一骨瘦如柴老叟姗姗而来，老叟向侯九爷施过大礼方分宾主坐下，随之便有童子呈上茶盅糖果瓜子萝卜计八件小盘放置案上，老叟拱手敬茶迎客。

寒暄间，老叟用心观察九爷面色，似无怒无恨，料其不是来此处寻找儿孙，言语又不诈，也不似来此混水摸鱼，如此才言归正传海阔天空顾左右而言他，唯独避开一个"赌"字。

"天地之常，一阴一阳。阳者天之德也，阴者地之刑也，故天为阳，地为阴，火为阳，水为阴，红为阳，黑为阴。春，出阳而入阴；秋，出阴而入阳；夏，右阳而左阴；冬，右阴而左阳。阴阳之说大矣，世间万象皆在一出一入、一起一伏、一盛一衰、一成一败、一塞一起、一废一立、一输一赢之间矣！"

"领教领教。"侯九爷忙拱手施礼道，"老朽不才，于阴阳学不甚了了，只是想增见识增阅历，于黑红阵上探究人生真谛。"

"君谓黑红阵，我等则称红黑阵，红字在前，大吉，方能牵动人欲；黑字主凶，诸事不宜，谁还敢铤而走险？"老叟摇头摆脑地讲解经籍,面色极是严肃。"天德施,地德化,天气在上,地气在下,阳为天,阴为地,人气在中间。红黑二阵转换轮回,看来似无章法,其实奥妙只在其中,唯解得《推背图》,识得《奇门遁甲》者必能于红黑阵中得心应手,常胜而不败,此中道理不过一层窗户纸罢了。"

"高见,高见!老朽茅塞顿开。"侯九爷连声称赞。

…………

时至第三日,侯九爷复来芦庄子宝局,已是长驱直入了,那文质彬彬白面青年只作不相识状,既不笑脸相迎,也不拧眉立目,他只在院中踱步慢条斯理好不轻闲。

穿过前面空空院落,走进又一道门峭,抬头便是一处大厅,似殿堂似庙宇,高、大、深、阔,可容数百人,大厅内只见青烟缭绕,黑压压已是人山人海,众赌客一个个鸦雀无声似罗汉一般。侯九爷平生只在钱庄布店走动,从未见过如此场面,且一股浓烈烟草烟雾呛人,侯九爷不觉一阵恶心,竟然踟蹰不前了。

"吱咂咂"一声音响从不远处传来,侯九爷寻声侧目隙望,只见大厅内原来还有一间厢厅,此时正慢悠悠雕花木门开启,一女童姗姗向侯九爷走拢来,不施礼,不多言,目光微微向侯九爷瞟视后,又转身向侧厅走去。侯九爷心领神会,便随那女童子走进侧厅。

这侧厅，已是幽雅非凡了，十几套清一色梨木雕花桌椅排列有致，青石桌面上摆有果品糕点，几张太师椅上已有人落坐，身后或有仆人垂手恭立，膝旁或有女童子轻轻捶腿，那太师椅上的爷们都似在静坐养性，相互不观望，不说东道西，个个只把一只手按在茶盅上，双目微合用心思忖。

想来，这必是芦庄子宝局为贵客单设的花厅了。侯九爷环视室内，见室内诸人对侯九爷光临毫无觉察，更无人起身恭迎，便随女童子到一张空桌旁坐下。不多时便有一男子身穿灰布长衫者送上茶盅，女童子退居侯九爷身后双手握成拳轻轻为侯九爷捶背。侯九爷正人君子，便扬手示意那女童子退去，不闻脚步声，那女童子竟轻烟一般飘去了。

哦！这里就是宝局了。

侯九爷坐定后再向四周观望，这才见这个小侧厅只与宝局大赌场之间隔开一道小门，这小门并无门扉，坐在椅上便可将赌场情景一览无余。

赌场里黑压压挤满二三百人，赌徒无座位，个个蹲在地上围成好大一个方阵，方阵当中铺有一方布，约二丈见方，对角拉开斜线，一半为黑、一半为红，一个红色大三角并对着一个黑色大三角，这便是押宝的红黑阵了。红黑阵四个角落各站着一员大汉，每人手中持二丈余长木杆一根，赌客将赌注押在红黑阵上，开宝后或输或赢全由他四个大汉用长杆将输家钱收去,再对赢家付钱,这长杆他四人耍得极熟,搂钱付钱利落干净,从来不会出半点差错。

赌场里,空气紧张压抑,立时便有一方重石似压上侯九爷心头,赌场内灯光刺目,灯影下一个个赌徒面色皆成青灰颜色,人人瞪圆双目一眨不眨,嘴唇紧紧抿住,无声无息。此时此际屋顶塌下来无人躲闪,刀枪飞进来无人逃遁,有烟蒂捏在手指间燃尽成灰者,咝咝之声已将手指燃焦,一股人油腥臭飘起,持烟者竟毫无觉察。

万恶赌为首呀!

"红,"一声凄厉喊叫,主家双手将宝匣捧于怀前,一手才将匣盖掀开一条小缝,如闪电一般,立时宝匣重又盖好,只喊出个"红"来,定了乾坤。

赌徒们一动不动,无人移步无人伸腰挥臂,似石头,似与这"红"字无关,只呆呆任东家四条壮汉将赌注收去,其间也有赢家,但无喜,更无欢声笑语,赢家比输家更为紧张。

侯九爷不觉打了个寒战,一声喊"红",多少人倾家荡产,身家性命所系,难怪人人俱失去了知觉。远远冷眼望去,众赌徒面色冷酷,有唇间滴血者,嘴唇已被自己咬破。更有人暗中握拳,手指骨骼咯咯作响。稍许,赌徒中忽一人挣扎站起身来,轻轻转身似有走意,不料身子轻轻晃动一下,"扑通"一声跌倒在地。侯九爷一看几乎喊出声音,赌场内却毫无反应，无人搀扶，无人劝慰，只任那赌徒自己爬起身来低声呜咽向室外爬去。众赌徒既无人表示同情，也无人稍加劝慰，只由他悄然隐去。

须臾间，赌场中各家赌注或输或赢已料理妥切无误，众赌徒依然个个沉思不语，赌场内悄无声息，偶有人粗声呼吸便似惊雷滚动，四座俱为惊讶。正在此时，赌东将宝匣交一童子，童子似捧玉玺一般将宝匣护于胸前，缓缓移步向厅内走去。厅内深处，一小门，布帘直垂及地，帘内无光无声无人影，童子将宝匣置于帘下，帘下有一只手掌伸出将宝匣取入内室，只三几秒钟，宝匣又被由内室置于帘下，童子取走宝匣送回赌主面前，便退向一旁等候。

第二局宝底又作好了，众赌客皆双手托腮目光凝重，绝无彼此观望者。不必询问，此时此际，赌客必在猜测这第二局宝底是红？是黑？

黑！侯九爷一旁也在猜测，第一局开宝为红，倘昨日老叟所言是阳，阴阳交替，第二局当是阴无疑了。举目远远望去，红黑阵上不见有许多人押注，众人大多暗自疑惑，皆不敢轻率下注，也有试探者，只押上几只角子，其意在于试探，输赢皆置之度外。

侯九爷毫无赌意，只是为大赌场无下赌注者稍感着急，真愚人也，开局为阳，二局必为阴，作宝的神仙自是按阴阳轮回设置迷魂阵的。宝局将他置于秘室，不知赌场胜负输赢，其意必欲使其能有恬静心绪，运筹大局，揣度众生心态，以其不乱方寸克众生的贪胜私欲，此乃以静克动以柔克刚之大道理也。

"红！"东家一声大喊，侯九爷暗自为之一惊。红，又是一个红，万幸，万幸，幸亏自己没有押注，只作智赌，便迎头败下阵来，果然神仙胜我一筹。

赌场里依然极静，童子又将宝匣送至秘室，转瞬间宝匣传出，众赌客争先恐后于黑阵下赌。小赌厅内，一赌客微微扬手，将二寸许一摞银元交一童子，示意其换成赌码，置于黑阵。侯九爷暗自点头，赞许其有胆有识慧眼独具，连出二阵红必有一黑，阴阳轮回自有章法。侯九爷伸手向腰间摸去，真恨不能也掏出钱钞换作赌码押在黑阵。手伸至腰间，他不禁打了个冷战，且住，自己本来只做一个看客，何以竟动了赌心？可见赌场之中人们必为利所惑，难免许多人留下终生悔恨。

红！红！红！不多时又一连出了六次红阵，众赌徒早已乱了阵脚，天下奇谭，焉有一红到底的道理？侯九爷微含双目暗自思量，小神仙，小神仙，你何以就有胆量连作九次红阵？何以你就如此揣测赌客必往黑阵押赌？高人，真高人也！于人心明察秋毫，于众生了若指掌，此时此际只有神仙一人随心所欲,众赌徒已是溃不成军不辨西东了。

红!第十局又是一个"红"!

"啪"地一声,小赌厅里一老人将手中细瓷茶盅摔得粉碎,愤愤然他暗自咒道:"就不信你红到底。"扬手,他将一童子唤来,沉甸甸数千银元交过去,换赌码,押黑!

红!又是一声呼喊,开宝,"红!"

侯九爷心惊肉跳,此时已是汗流浃背了。赌场习俗,不劝赌,不撵赌客,有可以静观十天不押赌者,自然也有人观阵半天才突然出手押上一宝,一战定乾坤,以智取胜。侯九爷一天没押一文赌注,但作斗智一方,自己已是甘拜下风了。暗中,他向那秘室望去,想象中,他猜测那秘室内必有一鹤发童颜百岁老者,正襟危坐双目微合,无喜无怒无忧无怨,似坐禅似入定,于红尘浮沉全然不知不问,只宝匣传来作成宝底传出,再传来再作成宝底传出。秘室内,他已是至高主宰,众赌徒皆跳不出他这如来佛的手心,真是神仙,不愧为天下异人啊!

此中必有奥妙!

回至家中已是傍晚,一家老小皆在花厅恭候,侯九爷只称去租界地会友,便吩咐家人各自回房,自己才更衣沐浴,用过晚饭后,一人静坐灯下深思。

白天赌局一番景象,真是令人心惊肉跳,赌场中每局十二盘,连赌五局,计六十盘,居然一红到底,直赌得众赌徒人人眼睛充血,个个输得精光,小赌厅里一老人几乎昏厥,最后只能由仆佣搀扶姗姗而去。静观赌徒面容,人人惊恐困惑,浑浑噩噩如大梦未醒,散局后走到门外,有赌徒咒骂道:"这一晚,被小神仙'玩'了。"其情愤愤,大有与小神仙不共戴天之意。然小神仙何人?人人皆不得见。想来这也是赌场习俗,倘作宝的小神仙与众人日常往来交谊,一旦小神仙被赌徒买通,顷刻之间便可使赌东覆舟,小神仙还俗,仙家岂不遭殃?二则,倘众赌徒认得小神仙其人,一旦输得走投无路,狗急跳墙时动了杀念,小神仙哪里还有活命?故赌徒只知有小神仙隐于秘室内作宝底,却从来无人能得见小神仙真面目者。

小神仙智慧超人乎?莫非小神仙不食五谷杂粮乎?小神仙之神,不过是琢磨人罢了,人生在世,你琢磨我,我琢磨你,一个人琢磨大伙,大伙琢磨一个人。高明者辈,乃能将他人琢磨透彻,糊涂虫大傻蛋,不仅不善琢磨人,还被人琢磨过去乐乐呵呵让人家"玩"得美滋滋。琢磨人的道,大矣!

这奥妙到底何在呢?侯九爷自命不凡,几十年来自认天下琢磨人第一,从来不甘心被人琢磨,赌场中有小神仙以智胜己,侯九爷颇为怏怏不快,关门闭户,坐禅入定,他一定要将此中奥妙解出个究竟来。

想前日自己初到赌场时,赌场老叟陪茶大讲阴阳之道,前些日在学曾房中,见他也在研读阴阳学的书籍。想这阴阳二字本来主宰万物,红黑阵上更要按阴阳二字布阵。想到此处,侯九爷心中灵犀一动,立即翻遍藏书,将阴阳学及各种八卦图取出展开,认真研读。

天下大道,相反之物也,阴阳不得俱出。然哉,红为阳,黑为阴,红出而黑隐,黑出而红隐,又黑又红,赌家输个精光,无红无黑,世人再不来赌,此中道理十分浅显。俗称"一阴一阳之谓道",且刚柔相推而生变化,这变化二字不会无章可循无法可依,他小神仙也不会只凭一时心血来潮而布红黑疑阵,否则他不会有一红到底的胆量。细观《六十四卦方位》图形,圆图一轮被切成六十四方位,阳生于子中,阴生于午中,阳在南,阴在北,一一细数下去,阳动为天,阴动为地。侯九爷双掌扶案,身子渐渐站起,顺六十四方位图形移步,沿书案旋转,一步两步,闭目沉思,方寸之中,阳、阳、阳,他竟看见了一连六处阳位。

"有了!"侯九爷大喜,以掌击案,"啪"地一声震耳欲聋。

"父亲尚未歇息?"门外传来学曾话音。侯九爷自觉有失尊辈仪表,忙整理衣饰恢复常态,轻轻干咳一声,算是回答了儿子的问安。

房门推开,学曾缓步走进,躬身垂臂,自是施礼问安如仪。

"你回来了。"侯九爷示意儿子坐下,便又慈爱万般地说,"你每日太辛劳,竟无一日能得片刻轻闲,到底是洋行的差事不好当呀。"

学曾谢过父亲问候,便欲告辞:"天时不早,父亲也该休息了。"说话间,学曾见到书案上铺展开的六十四卦图,眉宇似是悄悄跳动一下,又回身问道,"父亲何以热衷此道?都是些耗费精力的事。"

"不过是消遣罢了。"侯九爷只支吾作答,草草便将六十四卦图收起,稍过,似又无心地询问,"前些天我见你也在研读阴阳学,想来你于此道该颇为精通的吧?"

"人心不古,世道艰难。修身自要依儒学说教,处世却要善于应变巧于谋略呀,芸芸众生皆有贪心,弱肉强食若虎狼一般。时在今日孩儿尚能立身于社会,凭靠的也就是这一点点以变应变以不变应万变以万变应不变的本领了。"言谈间,学曾颇有感叹,满脸疲惫想是有难言苦衷。

侯九爷只一心惦着如何从六十四卦图中看出红黑变化的道理,根本无心细听儿子弦外之音。只由儿子告辞而去,自己又关上房门用心钻研。

这一夜,侯九爷彻夜未眠,他竟将自己权且当作小神仙,假若书房门外是一大赌场,宝匣时而传来,自己如何按阴阳变化道理作出红黑疑阵?一盘一盘,他第一局作出的是二黑一红。一黑三红,再是黑红相间直至满局。

不入虎穴,焉得虎子。侯九爷一夜演习过小神仙布红黑疑阵之后,对赌局内风云变幻已不再感畏惧。第二天午前睡过之后,午后早早动身,他竟轻轻松松直奔芦庄子宝局去了。

今日,赌场依然人山人海,但气氛平和,无大赌事,无大起大落大输大赢,众赌徒只作游戏般不赌,似乎昨日一场鏖战后未及复原,个个无精打彩,投石问路者居多。小侧厅内更只有侯九爷一人,童子时而是上茶盅,瓜子萝卜水果糕点,时而送来热毛巾,女童子恭立身后随时准备捏背捶腿。侯九爷本无赌意,只冷眼作旁观人,赌主时而唱"红",时而唱"黑",变化万端,令人无法捉摸,再不似昨日以一红到底出奇兵取大胜,秘室内小神仙该也筋疲力竭。至晚,侯九爷放下十元小费,信步回家。

如是,侯九爷几乎每日皆去芦庄子宝局闲坐,观赌,远比听曲看戏更为有趣。国人重信义,观棋不语,观战不语,观赌不语;但在心中,观棋者有自己走法,观战者有自己阵势,观赌者无人不暗中下注。开局一个"红",侯九爷暗中断定,下次必"黑"。

赌主一声喝喊:"黑",侯九爷暗自击掌,果不出我所料,击掌后又万般悔恨,恨自己未及时押下赌注,倘押三个,可得九个,以十之一抽出作"赌头"。赌头,类官家抽税:七十二行皆有定例,经营丝绸皮货者,净得十之一五为税,洋广杂货者十之一八为税,卖画者贫,不课税,著书立说者多为歹人,十之二课税,唯赌头儿轻,只取十之一,押下三千,赌赢,可得八千一百,反掌之间日进万金,当贺,当歌,当叹。

全红大战后,约十余日,赌场气氛又渐灼热,赌徒又蹲于地上双手托腮双目充血,小侧厅又座无虚席,三千五千大宗赌注又向阵上押去,自有得胜者,虽赢万金仍不忙离去,依然稳坐如泰山静观变化,沉默有时,似有所动,立时又将大宗赌注押下,开宝,败北,金银任人收去。

侯九爷依然不赌,但血脉日渐沸腾,果然赌场内似有超凡神力,或冷或热或紧或弛,皆不由人操纵,不知何处一股力量,举座皆为之震动,几百名赌徒一齐押注,大输大赢大胜大负皆定于顷刻之间,逢此时,侯九爷竟几乎不能克制自己,真是跃跃欲试心猿意马。

慎之,慎之。侯九爷暗自警戒,此处只可旁观不可参与,作旁观人,尚能看出一二奥妙;作赌中人,当事者迷,必随波逐浪直到败北。只赌场气氛紧迫,一时为"红",一时为"黑",每于侯九爷暗中赌胜时,竟不觉掐拧大腿,万般悔恨之意已是涌上心头了。

"买'赌谱'吗?大人。"至晚,侯九爷走出赌场,微微似有倦意,踱步时一男人面有饥色身躯稍显佝偻,如老鼠般凑过身来,向侯九爷小声询问。

"怎么?这押赌也有'谱'吗?"侯九爷难免有些吃惊,便扬声问道。

"嘘!"瘦弱男人忙暗示侯九爷莫事声张,又左右观察见附近无人注意,才又近前解释。"押赌,何以会有谱呢。我记的是昨日宝局里的赌谱,那宝局里凡发现有记录赌谱者,当即严惩不贷。您瞧,我是暗中用烟头将赌谱烫在腿上记下来的。"

"录我一份,索价几何?"侯九爷询问。

"都是中国人,您只付四元。"

"莫非还有洋人?"侯九爷又是一惊。

"日本人。日租界三友会馆也设宝局,只他家作宝的神仙不灵,我暗中是为他家录赌谱的,他们称这芦庄子宝局作赌的神仙为支那异人,一天赌谱,他们给二十元的。"

"哦,有这等事。"侯九爷不免为之磋叹。

"琢磨人的道儿,谁也比不得中国人。"那瘦弱男子见侯九爷已从怀中取出四元大洋,便忙将一纸赌谱呈上,并殷殷献媚说着,"我听日本浪人说,迟早他们三友会馆要把这支那异人抢走,打开他头颅,看他到底何处非凡。日本人能学推牌九,学掷骰子,学打麻将,只这押宝他学不会,学不好,玩不精，这是咱的国粹。非把世人琢磨透彻者谁也不敢玩这把戏，人都说这押宝原是从玉皇大帝那里传来的赌博，本来是阎王爷'玩'小鬼的把戏。这位爷，这赌谱你可莫往外传，今晚回家研究过后立即烧掉，明日还想要，我还在这儿'候'您。"

光阴荏苒，侯九爷出入芦庄子宝局已届月余，然侯九爷只作局外人，若观赏力士搏斗，有起有伏饶有兴味。只观赌尚不尽兴，夜间回家时再购得当日赌谱，至书房取出六十四卦图对照。日久天长，侯九爷竟将这研究赌谱视作如作学问一般，即使在睡梦中也忽而是红忽而是黑，红黑变幻得有韵有致，侯九爷已成神人了。

道高一尺，魔高一丈。天地设位，圣人成能，人谋鬼谋，虽以百姓之愚，亦可以与其能。俗曰：人皆可尧舜；若反其道，则人皆可妖魔。

侯九爷又坐在芦庄子赌局小侧厅里，此时他已是个能呼风唤雨的奇人了，谈红必红，说黑必黑。他不赌，只观众赌徒种种丑态，不问输赢，只微合双目暗自盘算。按天干地支，当日阴晴，先定开局，随之阴阳转换，或顺或逆，看似无序，其实自有方寸，此奥妙只有明眼人识得，非大智不解其意。

大赌场里人头攒动，小侧厅里也座无虚席，士绅富贾各占一张客桌，聚精会神关注赌场变幻。初时无人下赌，五六盘开过,赌客渐多赌注大增,已见有千元大赌注置于阵上。赌主不惊不惧,赌注再大他也敢开宝,他也敢搂敢付,其泰然大丈夫也。

红!侯九爷暗中测定,此盘必是红阵,宝匣传出来众赌徒沉吟良久纷纷下注,开宝,果然是红。红!侯九爷暗自认定二盘仍是红阵,宝匣传出,赌徒踌躇些时又纷纷下注,一声吆喝:"红!"果然英雄所见略同。

不知是什么鬼使神差,侯九爷竟扬手将童子唤了过来,直到童子立于面前,侯九爷仍如在梦中一般困惑不解:莫非这童子是自己招呼过来的吗?赌,自己真的动了赌念。赌场也似官场,军中无戏言,童子既被召了来,倘再不下注,则被视为骚扰赌家,当即要遭主客二家羞辱,主家恶语相伤,客家起哄:"瞧咱爷们儿这个'揍相'!"

也罢,侯九爷当即拿出四十元大洋交童子去换"筹码",并吩咐置于黑门。侯九爷第一次押宝,已是心跳怦怦如雷,手脚不觉也在暗自哆嗦,一月以来自己的平静恬淡立时消散殆尽,就连耀眼灯光也黯然失色了。不多时,主家一声吆喝,说来也怪,平时无论主家吆喝得怎样轻声,侯九爷也能听得极是清晰,即使偶尔赌场内喧声鼎沸,是红是黑也不会有半点含糊。只此次,侯九爷只见主家嘴巴大大张开,脖颈高高伸长,好长一声喝唱,侯九爷竟一丝没有听清。完了，只权当作输了，四十元大洋，微不足道，只当是买了一只画眉飞了，只当是作了一次东请众友好吃一次燕翅席，不过四十元罢了。劳碌半生，偶尔荒唐一次也不为过。

侯九爷这里正一人暗自劝慰，不料那童子竟款款移步而来，恭恭敬敬将一百二十元大洋放置桌上，抽出十之一作"头儿"带走，净剩一百零八元大洋。

旗开得胜，侯九爷喜出望外，欲笑欲唱欲喊欲哭，白花花银元面前，侯九爷感叹万千，想自己半生辛劳，一笔笔生意不过赚上三千五千而已，提心吊胆八方奔走起早睡晚腰酸腿疼，来得是何等不易。而此时此刻，有香茶糖果受用，有童子捶背侍候，游戏间，只凭一时灵犀，百八十银子潮涌而来，得来毫不费功夫。抚今思昔，方知自己枉度了半生光阴。

这一日，侯九爷只赌了一盘，小有所得便欣然而去，一百元大洋，约二三好友摆宴正阳春，全家老小每人一份礼品，就连看门老仆也有两元赏银，皆大欢喜之后，还净余八十元，明日作赌本，再去较量。

侯九爷信奉中庸之道，不偏不颇，无过之也无不及，赌局内最多不过百元押注，无大输大赢，不致于不能自拔。一月以来，赌场内种种变幻，侯九爷也亲历在目。曾记否，前数日邻桌一老者，面带富相，出入仆役相随，来宝局有小汽车接送，连中三元，先买了一个标致的姐儿立了外宅；才半月，竟输得一败涂地，如今正一身破棉衣裤，腰间系个小绳儿蹲在大赌场里，每次一角两角作生死拼了。君子自爱，有节制，不可无度。

转眼已入隆冬，赌场之内依然有赤膊者。几月以来，侯九爷小试锋芒，虽也偶有输时，但赢时居多，粗略估算净赢已达五六千元。赌场之内难能有取胜者，唯侯九爷得意。究其原因，侯九爷不贪，俗谓"见好就收"。凡贪必败，贪欲无限，绝无意足之时，得一贪二，得二贪三，民盼做官，官盼称臣、得宠，直至身居高位，一人之下万万人之上，春风得意，挟天子以令诸侯。仍然贪心不已，索性自己做了天子；做了天子还不满足，又除异己，杯酒释兵权，自称天下一人，从此私天下。仍不满足，称亲爸爸活祖宗老佛爷；仍不满足，真是一息尚存，贪心不已，非一败涂地粉身碎骨决不罢休。

这一日本来平平常常，开盘是个黑阵，侯九爷没有押赌，二盘又黑，侯九爷也未注意，三盘黑、四盘黑、黑黑黑，侯九爷大惊，莫非又摆开全黑大战了嘛。细估算，上次全红大战，距今正好六十四天，六十四卦又一轮回，今日必是全黑无疑了。你以奇兵取胜，我以奇兵御敌，扬手唤童子，两千大洋换成"筹码"，押红！侯九爷自己为之一震，明明摆的是全黑阵，何以自己押红？此中才见真英雄。他那里小神仙不过以连出六黑作钓饵罢了，众愚人一拥而上必奔黑阵而去，自己偏偏在红阵阻截。

"黑!"赌主一声吆喝,侯九爷如遭雷击,立时眼前一片金花闪烁,手脚已变得麻木冰凉。再呼童子,四千元,仍押红阵。侯九爷手扶桌面身子已是稍稍站起,远远向赌场望去,众赌徒也气将赌注置于红阵!错矣!立即再唤童子将赌注移到黑阵。才放稳定,开宝,一声吆喝,"红!"小神仙技高一筹。

…………

至晚,侯九爷回到家中已是疲倦不堪,儿孙们请安问候,他只草草答声,不待众人退去,侯九爷便和衣颓然倒在床上双目茫然如一摊烂泥毫无生息。举家上下见状大惊,有嘱传世医者,有嘱备姜糖水者,侯九爷只稍稍挥手让众人退去,一个人安静养神。

"父亲还没有休息?"时至夜半,学曾按时归家,未及回房更衣,便先到父亲卧室问安。

侯九爷只觉身衰体弱,无力答言,便侧目睨视学曾少时,示意他退下。学曾自不敢去,便央求再三道:"父亲大人欠安,还是当让孩儿守候身旁才是,纵使孩子回屋也是惦念在心。"侯九爷无奈,只得由他坐在床头。一夜无事,只睡梦中,侯九爷喊了两声"黑",学曾忙将床头灯点燃,侯九爷才又睡去。

第二日侯九爷果然身体康复,精神竟倍加抖擞,用过早饭后便闭门展读六十四卦图。几函书籍同时置于案头,聚精会神苦苦钻研,每有领会处便欣然摇头摆脑得意万分,儿孙辈见状肃然起敬。四儿房里一小孙不事读书,其母将顽童拉至祖父门外,隔门窥视祖父读书模样,且悄声训子曰:"爷爷这大年纪还在读书,你贪耍顽皮,将来真要辱没了门第呀!孽障!"

午休之后,侯九爷自然又早早到赌场去了。

年关将至,赌场倍加拥挤,人人拧眉立目作一年最后拼杀,十万八万大输大赢,白刀子进红刀子出也正在此时发生。有市井无赖果然于败阵时切下一根手指押在黑阵,赌家毫不理睬,开宝为红阵照例收下,再举刀断指,早有打手拥上前来将其拖出赌场抛至街衢,任鲜血淋淋而去。

侯九爷至此已成狂徒。

侯九爷初来赌场本属好奇,只一旁观望毫无赌意,后稍稍心中暗赌,不过与小神仙斗智而已,小试输赢又纯属凑趣。然前数日一宗大注折了家财,侯九爷立时血液沸腾若下山猛虎欲罢不能,此时此际侯九爷已经发疯,置身家性命于不顾,粉身碎骨决无悔意!

侯九爷,已到了孤注一掷之时了。

"学曾!到我书房来!"

天未破晓,学曾正蒙头酣睡,侯九爷恶汹汹呼喊声传来,学曾立即惊醒,神色惶恐不安。忙匆匆穿好衣服赶到书房,侯九爷正踱步发怒。

"父亲大安。"学曾战战兢兢施礼后一旁察颜观色,以为自己有什么不检点处惹怒老爹,只恭立墙角等候训斥。

"你坐下,我有事和你商量。"侯九爷转回身来,学曾始看清父亲面容,这几日父亲并未身染疾病,何以面色焦黄苍白,双目深陷无神,两颊消瘦已布满皱纹?明明是一副吸食鸦片烟瘾君子模样。

"有什么事情父亲只管吩咐就是,和小辈们之间谈何商量。"学曾见父亲今日一反平日慈祥秉性,知是父亲心中必有大不悦,便格外当心。

"好,既如此,我就直说了吧。"侯九爷站定脚步,板起面孔对学曾厉声说着,"你去传告各房弟兄,让他们各自去寻住处。"

"分家?"学曾稍稍举目暗察父亲颜色,"阖家老小和和美美,我家已是四世同堂了,如此天伦之乐仙界难寻,何以大人竟要分家?倘哪个兄弟不成器惹父亲恼怒,只吩咐学曾管教就是。至于大哥学孔,已是自幼读书难免有些迂腐,其他弟兄,尚未见有荒唐行径……"

学曾一旁还在猜测解劝,不料侯九爷突然打断儿子话语,斩钉截铁一声吆喝:"我卖房!"

"啊！"学曾连退三步,身背已靠紧墙壁,他抬手拭去额上汗珠,仍以为是自己听错了声音,"父亲说什么？"

"卖房!"侯九爷振臂呼叫,"这产业是我挣下的,我要卖就卖,要烧就烧。我早看透了你们这一帮小无赖,你们一个个绕我膝前恋在家中不外是惦着我这点家业,你们哪一个也没安好心!滚,都给我滚,我不养活你们这些吃白食的儿孙。想当年我挣下这份产业容易吗?你们四体不勤坐吃山空,我卖,我卖房。"

"父亲大人这是发的什么火呀!"学曾仍不解父亲何以突然想要卖房,便又近前劝解,"想我家已是津沽首富,只手头积蓄也够一家人享用多年,即使有用钱处,也不致于变卖房产呀!"

"呸!"侯九爷喝退学曾,仍然咒骂,"我的事,不用你管!你这多年出没鬼崇没有挣来半分财产,如今倒来盘问我手头积蓄都用在何处,你大胆!我送你忤逆儿子到官府严管!我挣下的钱,我爱怎样糟蹋便怎样糟蹋,你管不着,我买绸缎撕了,我买凤凰放飞了,我都买鞭炮燃放了,实话对你说吧,钱没了,全没了!"吼罢,侯九爷颓然倒在太师椅上,双手蒙面竟自呜咽出声地哭了起来。

侯九爷大发雷霆早惊动了全家上下,各房人等皆云集院中窥探,老管家将书房两扇木门关闭,出来拦阻各房儿子、媳妇:"老太爷发脾气了,大家回房吧,老爷这几日不知为什么,常一个人挥拳砸桌子,我在这府中当差多年,好端端还挨了几回啐,唉。"

书房内,学曾见父亲大人痛哭失声,忙近前双膝跪下央求:"孩儿不孝,母亲去世多年,这些年父亲身边寂寞,儿媳妇们也有侍候得不尽如人意之处,假使父亲大人有什么想法,孩儿们也都能体谅。"学曾以为父亲必是有了续弦之意,且又不便直说,这才想以卖房要挟。

侯九爷怒气似稍平息,呜咽过后,才又娓娓说道:"你那不长进的二哥……"

"二哥怎样?"学曾居然大惊失色,身子几乎瘫倒在地,忙连声询问。

"他一去多年没有消息,最近才由美利坚带来口信……"

"二哥真的去了美利坚?"学曾惊问。

"怎么,他没去美利坚?不是你亲自送他上的轮船?"侯九爷欠身向学曾反问。

"就是,就是。"学曾勉强回答,"当时我怕父亲送二哥远去异邦伤心,便由我送他到大沽口登船远去了。"

"这就是了。"侯九爷也舒出一口长气,"他托人捎来口信说,他在美利坚购得一座金山,只是没有资金开采,我变卖房产只是为了给他作资本开采黄金,一旦黄金开采出来,我自当重新购置房产……"

"父亲大人,父亲大人,这,这可万万使不得呀!"学曾双手扶地竟连连地磕头央求,"什么开采黄金,父亲大人,万不可自投罗网啊。"央求中,学曾潸然泪下,已是泣不成声。

"开采金山如何是自投罗网呢?来日,我家自有金银财宝滚滚而来,我不仅是津沽首富,我还要作天下首富,我开洋行,设银号,买飞艇,买火轮,我把美利坚英吉利都买下来置于我家名下,我要美利坚英吉利家家户户恭悬我侯九爷的玉照!"

"父亲大人,自为珍重呀!"学曾似有千言万语难于启齿,只能跪地叩头。

"我的事不要你管,小小年纪,你哪里懂得我的谋略?机不可失,时不我待,只争朝夕呀!"侯九爷手之舞之足之蹈之已是兴奋异常了。

"父亲,此事不可为呀!"

"混账!"侯九爷一脚远远将学曾踢开,并伸出手指骂着,"你居然教训起老子来了!我生你养你,到头来真要由你教训不成?子从父命的道理难道你不知道吗?臣于君,只有一个忠字;子于父,只有一个孝字。你不要我卖房,明明是要将这房产留到你手里去卖。我老了,我知道你们咒我不死,你们盼着我早死早分家产。我不死，我偏不死，我誓不把一草一木留给你们这些不肖子孙，我宁肯输光……"

"输？"学曾突然起身瞪圆双目厉声询问。

"输？"侯九爷发现失口，忙转守为攻，"谁说输来？好一个逆子，你居然赖我赌博，你莫非要赖我去芦庄子宝局押宝不成？来人啊，快把家法拿来，我今天要亲自管教这个孽障。"家法者，戒尺也。不待仆人将戒尺送来，侯九爷早信手抄过一根木杖，用力挥起，兜起一阵风嘶向学曾击去。"嘎巴"一声震耳巨响，手杖击折在学曾头上，立时淋淋鲜血流下学曾面颊。学曾忍住疼痛，双手捂住伤口仍然苦谏道："父亲大人，悬崖勒马呀！"

腊月二十三，灶王升天，各商号拢总账分红利，乡下老财也收息收租，于是城里城外上至掌柜下至伙计以至三教九流一齐拥进赌场，天津卫各赌场人满为患，各路英雄大有一决雌雄之势。

只侯九爷已是落魄不堪言状了。他早卖了房产，早输光了万贯家财，家中珍玩也变卖殆尽，进芦庄子宝局，他已再不配坐小侧厅。只和众市井赌棍挤在一处，蹲在地上也双手托腮类丧家之犬，偶尔把几只角子赌于红黑阵上，或输或赢都已无足轻重了。

然侯九爷对于赌场败北仍不服气，对秘室中作宝的小神仙依然不肯甘拜下风：我既为人，尔亦是人，你能琢磨我，我何不能琢磨你哉？只待时来运转，我只凭一个角子便可赢三个角子，三个角子赢九个角子，再赢两元七角、八元一角，只要连胜几局，便又有金山银山了。

无钱再作赌本，侯九爷便每日在赌场中闲泡，手中攥紧一两元银洋，观察再三思量反复，偶尔判断押上阵去，说来也怪，大宗赌注时只输不赢，零敲碎打反倒偶有赢时，如此愈发使侯九爷心中奇痒难熬，坚信必有东山再起之时日。

宝局散赌，已是夜深二时。初时侯九爷必晚十时离家，入睡后每到夜深此刻，该是学曾在窗外问安归家了。只此时侯九爷寄身小客店内，小客店内睡大通铺，投店者多为引车卖浆者流，臭气熏天难以成眠。且侯九爷虽已累累若丧家之犬，然旧日诸种癖好不改，入睡前需沐浴，沐浴后需用茶，茶后略用果品，然后口含人参读书片刻，待稍有困意才能安然入睡。小客店嘈杂喧闹，客房内一大尿桶，一夜之间暴尿之声不绝于耳，令侯九爷颇为不悦。不回小客店，只能信步流连街头。走至芦庄子街口，见有一小酒店尚未打烊，躬身入内，酒店里雾气腾腾颇有暖意，五六酒客正各自独酌，细观察赌场中败阵诸穷光蛋，于此借酒浇愁。"这位爷！"一酒鬼招手引侯九爷于大圆桌旁就坐，未及寒暄便单刀直入议起红黑阵上风云变幻："你说那小神仙怎就百战百胜？我等四五百人竟敌不过他一个，真是神人了。"

"我兄此言谬矣！"对面另一酒友插言道，"想那小神仙也不过肉身红脸之辈，精明不过乃尔，只是我等贪赢心切，红黑阵前六神无主，几个回合下来便失魂落魄自然难免马失前蹄；想那小神仙隐处秘室，不问天下兴衰，他只一个静字，便克了众人的动字，再加上那小神仙知阴阳八卦，变幻轮回，我等自然要陷入五里雾中。"

"老兄高见，佩服佩服。"侯九爷买过花生老酒，一人悠悠饮将起来，"如今我已是万贯家财输得精光了，只我尚有一愿，倘能识得小神仙，向他请教这红黑阵中的奥妙，老朽也就于死无怨了。"

"红黑阵上的道理极简单。"又是那个招呼侯九爷的酒友，他似胸有成竹，"三个字：琢磨人。世界是个大赌场，人皆可为赌徒。安分守己者，不得大富大贵，也不致大贫大贱，庸庸碌碌不过生儿育女糊口谋生而已。我辈社会精英，自以为智谋超人，便想手要弄他人中得奇富奇贵。你要要弄人，人便要弄你；你要琢磨人，人便琢磨你。最后就是这般结局。想来诸公原也该和不才一样，个个享荣华富贵吧，如今都赌光了，落得住小客店，坐小酒馆，连儿孙们都不敢去见了。"说到这里，那老酒友似颇伤心，潸潸泪珠夺眶而下。

"哈哈哈。"侯九爷反倒笑了，"什么金钱财产？全都是身外之物。只在半年之前我还是儿孙绕膝、仆役簇拥、养尊处优的富贵老翁。转眼之间,你瞧,已是这般模样了。悲夫?怨夫?人生本来四大皆空,死了也是空,输了也是空,早空早干净,早空早轻松。如今我腿脚也利索了,万般的毛病也没有了,围在破棉絮里枕个砖头美滋滋睡到大天明,再不用有人捶腿,夏日有人打扇,冬日有人备好暖婆子备好暖笼炭火盆了,这不是与人方便自己方便吗?"

"哈哈哈哈!"众人齐声一片大笑。

一阵骚动,众人笑声戛然止住,众酒友个个目瞪口呆。抬头望去,小酒店门开,黑压压十几个黑汉摇肩晃臂大步走来,一个个满脸横肉面呈凶色敞怀露胸且有手握暗器者,明明是一帮杂霸地混星子青皮流氓。芦庄子一带靠近三不管,青皮打架乃家常事,众酒友见状忙匆匆起身欲溜之乎也。

"站住!"一青皮堵门站住,厉声向众酒友吆喝,"都给我乖乖地坐下,我们哥几个替日租界办点差事,不干各位的事,委屈几位在这儿多坐会儿。倘哪位出去报了信儿大伙都不方便。时间不长,多不过半个钟头。我们接应的人一会儿就来,只待我们把人接去,谁再去报信也不管用了。"

战战兢兢,众酒友又坐在大圆桌旁,只是再没有欢声笑语,人人呆若木鸡。

"诸位都是赌友吧?"那青皮见众人已乖乖就范入座,便又搭讪起来，"芦庄子宝局这小神仙太精明。我们日租界三友会馆老板说他是支那异人，今晚芦庄子宝局小神仙跳槽，我们哥儿几个来这儿接他，你们几个赶紧预备钱，明日还来芦庄子宝局，这次你们该时来运转了。"

"是，是……"

众人连连称诺，却无人敢答言询问。

酒馆内人人提心吊胆，唯恐发生不测。侯九爷似也预感必有一场撕打恶斗，便只想早早趁机逃之夭夭。正犹豫间，门外忽有一人探头入酒馆通报曰："人来了。"立时众青皮一起亮出暗器。果然不多时，酒馆窗外一人影移来，众青皮一拥而出，将那黑影裹拥当中而去。呼啦啦，众酒友立即拥出酒馆，各奔东西跑开。

"追呀！"侯九爷正匆匆逃奔，突闻背后传来喊声，侯九爷自知追者不是追赶自己，为怕误会，忙停步站住，不多时一群人等跑来，个个手持棍棒，为首一人侯九爷认得，明明是芦庄子宝局赌东。赌东一把抓住九爷衣领，恶汹汹问道："老东西，看见一群人劫人了没有？"

"见过、见过。"侯九爷全身颤抖回答，"是日租界三友会馆……"

"谁问你那些！快说，奔哪里去了？"

"没看清，老朽……"

"呸！"赌东用力将侯九爷推倒，又率领众人跑去，不远处只听赌东对众打手吩咐道，"不要活的，他既有心跳槽，抓回来也不安心了，'敲'了拉倒！"

一阵脚步声嘈杂，众打手急追而去。

"阿弥陀佛！"侯九爷胆怯心善，知是今夜要出人命了。芦庄子宝局小神仙跳槽去日租界，走漏风声，被芦庄子赌东率人追赶出来，偏又是这无月无星的夜黑杀人日，只怕这小神仙难逃活命了。侯九爷怕事不敢走大路，只穿小胡同绕行。听远处，喊打之声震天；看大街，人群跑来跑去，棍棒声震人心胆。忽然一声凄厉惨叫，似有人被击中，随后又是一阵棍棒交加，"追呀，追呀，别让他跑了！"又是一阵喊声滚来滚去，侯九爷已是失魂落魄。

黑胡同里侯九爷跌跌撞撞踽踽而行，惊惧中自己竟也迷失方向，左盘右转只在小胡同之间穿来绕去，越走越不知所在，越走越不辨西东。黑胡同里，侯九爷深一脚浅一脚东倒西斜，一双手伸出来暗中瞎摸。

"哎呀！"一声喊叫，侯九爷惊得几乎跌倒在地，瞎摸之中不觉双手触到一个粘乎乎人体，再近前时只见血肉模糊奄奄一息地倚倒在墙边。侯九爷猜测此人必是青皮混杀之中的逃匿者，便不敢声张，只想悄悄溜开，不料那受伤男子竟一把抓住侯九爷胳膊哀声央求："救命！"

侯九爷忙紧靠墙边，想问个究竟："你是何人？何以受伤到此？"

"我，我乃芦庄子宝局小神仙。日租界宝局高价收买，我想跳槽，不料走漏消息，芦庄子宝局欲置我死地，先生救救我，来生当效犬马。"

"好你个小神仙。"侯九爷闻声早忘了恐惧，便一腔怒火向小神仙发泄，"你变幻无常诡计多端，多少人败在你手下，倾家荡产家破人亡，投河上吊不计其数，善有善报恶有恶报，你已是罪有应得！"侯九爷怒斥后欲扬长而去，只是受伤小神仙求救无门，依然死死抓住侯九爷不肯松手。

"缺德作孽，非我本意。"小神仙依然强自争辩，"只是我家二哥嗜赌成癖，一夜之间将家父万贯家财赌输殆尽，父亲大人面前无法申述，我便到芦庄子宝局找赌东求情，只请宽容三日再还赌债。谁料这宝局赌东个个迷信，他见我生有贵相，且要过生辰八字批过命相，便要我为他作小神仙卖身五年代兄抵债。如是我家二哥谎称去美利坚开垦金矿，只身逃东北卖身挖煤，我才沦入赌窟作了恶人。也是天报应我，我原想五年还清赌债赎身经商，无奈家父大人又误入赌窟，他谎称将家产变卖资助二兄在美利坚开垦金矿，暗中已是全部赌输在这红黑阵上。红黑阵上不过一场骗局，无论我作黑作红，三局之后赌徒个个如陷乱军之中，人人心乱如麻，此时此际世人皆醉我独醒，众赌徒尽握我掌中，什么阴阳两极、六十四卦，不过是欺世之谈罢了，以一人之变幻诡计治众人贪婪之心，这便是常胜的道理。如今日租界三友会馆答应我效忠三年之后将父亲输光财产全部赎回交我，那时我还要接回父亲尽人子之道。苍天在上，我侯学曾忠孝为本，磊落坦荡，父兄误我至此，我已是回天无术了。"

"哎呀！"一声喊叫，小神仙这里还在苦苦哀求路人搭救，不料那路人竟大呼失声，突然跌倒在地，晕厥得不省人事了。

凛烈寒风吹过，侯九爷醒来时，身边已不见学曾身影，不远处一摊血迹，想必是已被众青皮乱棍打死拖走沉河了。

"学曾，学曾……"侯九爷昏昏然，欲哭无泪，欲喊无声，软绵绵身体竟似一摊烂泥，勉强挣扎缓缓茫然走去。

天色尚未破晓，弯苍一片混沌，大街小巷寂无人影，只三五嫖客飘飘然姗姗走过，侯九爷身心麻木若行尸走肉一般，一步一步摇摇晃晃，细瘦身影似一具幽灵。

"学曾，学曾。"侯九爷只无声呼喊，双手伸出还要摸触学曾身体，"父兄枉为人也！学曾，学曾，父兄有罪，害你性命！"

一步一步，不觉间侯九爷已走到芦庄子街口，横穿过大马路，再穿过几条斜街，面前已是宽宽海河。时值隆冬，海河结冰,冰面上打鱼人凿开一个个冰洞,薄薄一层浮冰下面依稀可见缓缓涟漪。侯九爷下河堤,走上河面,冰面上滑倒爬起来,爬起来再滑倒,到最后索性倒在冰面上滑行,一步步终于摸到冰洞旁边。侯九爷大声呼道:"苍天啊苍天,我侯庆余荒唐,容我以死谢天下吧!"

强支撑站起身来,侯九爷纵身正欲投河,双足离地,身子高高跃起,双臂在空中抢挥摇动,只待"扑通"一声巨响,水花四溅,从此便撒手闭眼随波去了。不料正在此时,一双手掌从后面伸过来,一双胳膊将侯九爷拦腰抱住,待侯九爷双腿落地,正好被那人从冰洞旁拖开。侯九爷投河不成恼羞成怒,正待回身与那人抗争,谁想那人早将侯九爷搀扶站好,一步走到迎面恭恭敬敬一个大礼施来,躬身说道:"庆余年兄,何致如是?"

侯九爷举目,面前一富翁,体胖腰圆满面红润,身着水獭领貂皮大衣,足登英吉利特制荷兰水牛爵士皮鞋,冰面上半截雪茄烟尚未熄灭,河边岸上正停着一辆雪弗莱紫色汽车,汽车里一位妙龄女郎已万般慵倦哈欠连天。

"你是何人?误我大事!"侯九爷大怒,厉声喝斥。

"九爷,我是吴泰之啊!"

"啊!是你!"侯九爷大为惊愕,细端详,果然是吴泰之无误,旧友故知重逢,侯九爷百感交集,不免又要挥泪呜咽。

"嘛话也别提了，老九哥，你的事我全'扫听'透了，没说的，老九哥，哪儿摔倒的，咱还在哪儿爬起来。瞧我了吗？半年前都要了饭了，要不是碰上九哥你，我也早上吊了。后来我听说还是你家小三学曾找到芦庄子宝局，这才给我争回来一处产业。不瞒你说，我吴泰之一不作二不休，把那套房产变卖成钱，第二天我又进了赌场。这回咱不进芦庄子宝局，芦庄子宝局小神仙正在福星高照，独辟蹊径，咱进了三友会馆。三友会馆设宝局，作宝的神仙是日本浪人，讲缺德设圈套布迷魂阵琢磨人挖陷阱偷鸡拔烟袋堵烟筒眼踹寡妇门刨绝户坟坑蒙拐骗阴谋诡计邪门歪道杀人越货说谎话出鬼点子绕花花肠子玩世玩火玩人糊弄父兄老鼠偷油笑里藏刀乘人之危乘虚而入乘人不备狼子野心狼心狗肺狼狈为奸作梁上君子势利小人挖空心思装疯卖傻……哎呀，我的天爷，谁也比不了咱们自家人。你瞧，半年不到我又发财了，买了高楼大厦，开了大钱庄，娶了小老婆，玩了小闺女。走吧，九哥，跟我上日租界三友会馆押宝去吧！凭咱爷们儿这点心计，不出三个月，我保你侯九爷还是津沽首富。那三友会馆也鬼，他们暗中买通芦庄子宝局小神仙，想接过来给他坐镇，好小子，你到底玩不过中国人，天下没有不透风的墙，这消息就让我打听到了。不迟不早，昨夜里三友会馆在芦庄子街口接芦庄子宝局小神仙，我提前一个钟头到芦庄子宝局告的密,芦庄子宝局青皮杂霸地倾巢而出,一阵乱棍就把那跳槽的小神仙活活打死了……"

"是你?"侯九爷愕然问。

"是我!"吴泰之坦然回答。

"真是你?"侯九爷颓然再问。

"不是我,还能是谁!"吴泰之泰然回答。

"吴泰之呀吴泰之,你真是我的兄弟手足呀!"侯九爷一声长叹,随即伸出双臂拦腰将吴泰之紧紧抱住,吴泰之以为侯九爷想与自己抱头痛哭,不免抬起手掌轻轻抚摸侯九爷肩膀。不料侯九爷竟一时变成疯狂野兽,他纵身挺腰使出全身力气将吴泰之悬空抱起,冰面上二人旋成一阵冷风,冰面上只见侯九爷高高跃起,随之便两声巨响。

"扑通!"

"扑通!"

先是侯九爷将吴泰之扔进冰窟,随之侯九爷也跳进冰窟。

咕噜噜,咕噜噜,冰窟水面上冒起一层水泡,又泛起一层水泡,不多时,水面又归于平静了……

呜呼哀哉!

三一部队

1

开宗明义，有些事就得从头说，还得细细微微地说，读者诸君不要着急，其实一部小说的好看根本不在于结尾，结尾都是那么回事：善有善报、恶有恶报，即使是好人未得好下场，至少作家也是以此唤起读者心中的崇高感情，有时候妻离子散比花好月圆更有艺术魅力。所以读小说，最有趣的还是事件的发展、人物的遭遇，以及其间作家的叙事方式，这样，就要求诸君有耐心，先把一些来龙去脉弄个清楚。自然，如今新潮作家走俏，人家会玩时空交错，只要这么一闪，我爷爷我奶奶就一个抬着花轿一个坐在花轿里风光开了。笔者不才，我若写我爷爷我奶奶，就得先从清朝光绪年间天津城立敬业学堂开始。那一年我爷爷夹着本《英文法程》去敬业学堂参加考试，正好主考教习是我奶奶的爸爸，这位大人一看有个18岁的斯文书生居然能用英文讲"山不在高，有仙则名；水不在深，有龙则灵"，心里一高兴，就暗自拍板定案，将他16岁的独生女儿许配给我爷爷了。三天之后一位老翰林来到我家向我爷爷的父亲提起这桩亲事，我爷爷的父亲一听说我奶奶家祖辈上有人在朝里做过尚书，当即就投了赞成票。就这么着，我爷爷和我奶奶成亲，我奶奶18岁时生了我父亲，我父亲20岁娶了我母亲，我母亲在先生了两个女儿、一个儿子之后，又在1935年的某月某日生了我，我生下来时不哭，据说产婆子狠狠将我揍了一顿，我还是不肯哭，后来还是我母亲知道我的脾气，便忙着对产婆说："你快把书案上那几本圣人们写的书拿出去吧。"不敢怠慢，产婆立即抓起那几本大书，"嗖"地一下抛出门外，果然，"哇"地一声，我便哭了，气得产婆子一个劲地用手指头戳我的小脑壳："孽障宝贝儿呀，为了那几本书，难道你就真不想活在这世上了吗？"

时光流逝，星移斗转，义和团立坛口，八国联军进天津，开埠通商，辟租界地，兴新学，卖洋货，清室颠覆，民国成立，北洋政府，军阀混战，北伐成功，政体维新，九一八事变，东北沦陷，七七事变，华北失守，待到几十年时光过去，名门望族一家一户地便全败落了，早以先家产万贯，良田万亩，广厦栉比，养尊处优，仆佣成群的大户大家，全都呼啦啦大厦倾倒，变成穷光蛋了。

只是，侯姓人家，在天津依然是一户大户。天津有一条大街叫侯家后大街，你想想当年侯姓人家若是不发旺，能将他家宅院后面的一条大街命名为侯家后大街吗？可惜，侯家后大街不体面，它因为靠近商业繁荣的估衣街，随波逐流，到后来便沦为花街柳巷了。但是有史为证，在侯姓人家兴旺的时候，侯家后大街住着的全都是圣贤人家。

侯姓人家最发旺的时候到什么地步？你想呀，侯家大院门外有五道善人牌坊！有一等下作人看人家立牌坊生气，便总骂人家是既当婊子又立牌坊。不当婊子也立牌坊的人家有没有？你敢说没有，我就敢往派出所送你。

积善人家，必有余庆。因为侯姓人家祖辈上行过善举，所以世世代代子子孙孙是没有穷尽的，从光绪年间爷爷奶奶那辈算起，当时爷爷辈兄弟四人，四位兄弟又各自生了四个儿子，四个儿子又各自生了四个小儿子，四个小儿子中率先成人者，又开始生小小儿子，几何级数，轮到家境败落时，侯姓人家共有男丁大约二百余人，按照家谱起名字已经没有那么多的汉字了。散伙吧，树倒猢狲散，侯姓子孙就遍居津城了。

如此这般便出了一个奇人——侯明志。

侯姓人家到了侯明志这一辈子，早散得七零八落、溃不成"家"了。最体面的，有人做了大学教授，有人成了文人学者，还有的入仕途，中国共有几多党，每个党里便都有姓侯的党员，还有的成了上层党魁。可见侯姓人家辈辈有人主宰着国人的命运。往下说，三教九流，做什么营生的都有，天津卫引车卖浆者中，侯姓人家的子孙也大有人在。

侯姓人家如此人多势众，那岂不是要在天津卫独霸一方了吗？非也，侯姓人家子孙不少，但大多彼此不来往，还有的打得咬牙切齿。在天津卫，倘若有一位侯姓子弟在屋里坐着，一听说院里又来了个姓侯的人，当即，挽起袖子，屋里的这位侯爷就冲出去了。"谁姓侯？""姓侯又怎么样？""姓侯你就过来。""过来就过来。""你想干嘛？""干嘛干嘛！""干嘛就干嘛！""你说干嘛就干嘛！"一大串模糊评议，最后，自然就打起来了。

侯姓子弟之间何以会有这么深的仇恨？一是败家，二是分家。败家的时候你说怪我我说怪你，赌的怪嫖的，嫖的怪吃的，吃的怪玩的，玩的那个怪念书的，"好歹他干点嘛，也不至于坐吃山空到这等份儿上！"败家之后再分家，你多了我少了，你厚了我薄了，兄弟之间打，姐妹之间打，妯娌之间打，然后便是下一辈打。侯姓人家有一户外戚，亲姐妹两个一同嫁给了侯姓人家的一对兄弟，未出嫁之前，那姐妹俩好得似一个人，谁料进到侯家之后，没一年的时间，亲姐妹两个打成了一对仇人。在婆家打，回到娘家还打，闹得家里老爹和老娘打，哥哥和兄弟打，小猫和小狗打，连一个鱼缸里的金鱼都红鱼和黑鱼打。到了夜里，老鼠和老鼠打，两只猫坐在炕沿上看着老鼠打架，谁也不管，都各自虚眯着眼睛装睡觉，那意思明明是说："我才不管呢，你不是能耐吗？"你想想，凭这股打劲，日月能好得了吗？

侯姓人家一场窝里斗，斗到侯明志这一辈，早已是两败俱伤，斗不起来了。不斗了，大家就各自缩在家里白吃，吃到山穷水尽，依然什么也不干，还是白吃。

侯明志被人们称为奇人，因为他有三大奇，头一宗，懒得出奇，他能从初一躺到三十，被窝里吃，被窝里喝，被窝里拉，被窝里尿。早晨醒来，屁股朝天，脸冲下，脑袋伸出炕沿边上，由他老娘给洗脸漱口。吃饭的时候半坐起来，腰后边垫上枕头，老娘喂一口，吃一口，吃完了打个哈欠，身子一歪，又睡着了，直睡得全身酸疼，越睡越懒，越懒越睡。22岁那年，他在炕头上过的冬天，大年三十诸神下界，凡是男人都得下地，在炕上偎着的，下辈子投生变老母鸡。变老母鸡倒无所谓，孵窝还是一种享受，只是下蛋的滋味不好受，侯明志这才从被窝里钻出来，立在地上叩拜上苍，证明自己是男子汉。

侯明志的第二大奇，是馋得出奇。馋什么？说不上来，用侯明志自己的话讲，就是："吃不着嘛馋嘛，吃着了，又嫌没滋味儿。"冬天，想吃春天的河刀鱼；春天，又想吃冬天的老玉米。全说一个"鲜"字便是活鱼加肥羊，烧鱼汤涮羊肉，也还是不鲜,由鲫鱼到鲤鱼,最后用甲鱼烧汤,还是不鲜。有一次来了个馋猫,送给侯明志一个小瓶瓶,小瓶瓶里有一种白粉末,煮汤烧菜的时候放一点,味道鲜美无比。看看那小瓶瓶上的字,"味の素",日本字。两头儿的字认识,中间的不认识,按照侯明志凡是不认识的字一律以"那个"代替的习惯,立即跑到日租界,到处去买"味那个素"。跑了许多地方没买到,最后在西药房买到了一个大瓶瓶,里面装的全是白片片。回家往汤里放上一片,呸,真不是滋味,再看瓶瓶上的日本字"胃の素"。日本人鬼,编着法地赚中国人的钱。

第三大奇,侯明志精明得出奇。和所有的天津人一样,侯明志认为自己最聪明,"嘛事也休想瞒过我这双眼","跟我斗心眼儿,没门儿。"天津人,全都是精豆子,一个比一个心眼儿多,一个气死一个的精明,天底下的便宜全让天津人占去了。就拿街道来说吧,横七竖八曲曲弯弯,北京人一到天津就犯傻,连东南西北都辨不清。只有天津人绕不迷糊,无论什么七道弯八道弯,只要不是死胡同,天津人准能绕出来,一面绕一面在墙角上画箭头。倒不是为了给后边的人引路,而是故意把箭头画乱,让后边的人从哪儿进来的,还绕回到那儿出去,休想在天津卫抄近道儿,没那么便宜。

侯明志少年时代的生活,没有什么传奇色彩,不外是逃学、淘气和饕餮罢了。三件事的前一个字都发 tao 的音,他老爹封了他个绰号,叫三逃小子。先讲逃学,侯明志从上初小开始,便和小同学们一起将书包藏到谁家的鸡窝里,然后结伴去捉蛐蛐、抓蝴蝶、逮蝈蝈,一直要玩到黄昏。说来也怪,这普天之下大凡逃学的孩子,对于把握时间都有一种特异功能。那时候学生们是没有什么手表、怀表的,但是凭着天上太阳的位置,凭着自己肚子里的饥饿感,在外边玩耍一天,跑回到学校门口,上下差不了 10 分钟,准赶上放学时间。那时背上书包和人家读书的孩子走在一起,"今天老师讲的嘛?"刺探军情,大体上便将国文、算术两门主课的内容问清楚了。回到家来禀告父母,"今天国文课讲了一篇'少小不努力',真是激励人奋发向上啊!"老娘听了自是一番勉励,老爹听了则是一声喝斥,随之骂道:"瞧你口袋里的蝈蝈都快爬出来了,还不快滚下去补习功课!"侯明志不羞不愧,赶忙将手捂住口袋,一转身跑出房门找蝈蝈笼子去了。

淘气的事,那是上中学时学会的。凭侯明志的学习成绩,本是连高小也不能毕业的,但天津卫许许多多私立中学,从暑期没开始便报名招生,最后到开学前一天还登报"应各界学子恳求,再次扩大新生名额",就这么着,侯明志进了一所名声最大的中学。这所中学是以学校秩序良好而闻名于津的,课堂里鸦雀无声,校园里绝不喧哗,从来没发生过一起学生们在学校里打架闹事的乱子。教育局问校长何以将学校治理得这样好？校长回答说："我是无为而治。"千真万确，这所中学，学生们压根儿就不进学校大门。早晨九点，真光电影院早场电影：《人猿泰山》，散场十点半，顺路进书场，听连台《七侠五义》，在外边吃午饭，中午一点跑回学校，自由结合，一场篮球赛，累得全身大汗，上课铃响，直奔浴池而去，沐浴小憩出来之后，正是三不管开始热闹的时候，什么大鼓书、对口相声、吞火球、大变活人，直到围观卖膏药、祖传秘方专治花柳梅毒，那才真是长学问的地方。黄昏回家，狼吞虎咽吃过晚饭，急急忙忙往外跑，晚自习，皇宫舞厅。侯明志泡舞厅的时候，舞厅不卖门票，推门就进，里面有的是座位。找个地方坐下，侍者送上一杯咖啡，可着兴地玩，有钱花在舞女身上，舞女最后把挣来的钱交给老板。一开始，侯明志是泡舞厅去白喝咖啡，老板明知道这是些狗少，来这里蹭嫩豆腐占便宜，也不干涉，依然每天来了，让侍者送上一杯咖啡。但是万万没有料到，这蹭嫩豆腐的便宜只要一沾上，那是会越蹭越馋的，眼看着如花似玉的舞女，只要有钱便可以紧紧地搂在怀里，脸贴着脸地打转转，侯明志就开始跃跃欲试了，这一试，果然感觉不凡，就这么着，他开始找老娘要钱了。

　　"儿呀，如此下去，将来你该如何打算呢？"一天晚上，饭桌上，侯明志的老爹望着儿子的一副狗少打扮，摇头叹息说,"养活你一张嘴,侯家虽说已经败落,但是还不会被你吃光;可是时局变化莫测,世事艰难,用不了几年,除了做官的以外,有钱的没钱的通通全要变成穷光蛋。到那时,你还想这样每日鸡鸭鱼肉地吃着,怕就不容易了。"

"哎呀,你挤兑孩子干嘛?他才多大呀!"老娘心疼儿子,正在给儿子剥螃蟹大鳌,便一旁抢白着老爷子说。

"他还小呀!"老爹望着狼吞虎咽的儿子说,"高中快毕业了吧?"

"文凭早拿下来了。"侯明志头也不抬地回答。

"怎么?才读了一年高中就拿了文凭?"老爹不解地问着。

"人家校方的规定嘛,入学注册那天,就先把文凭发给你,免得日后麻烦。"

"哎呀我儿,你快该干嘛就干嘛去吧,可别给我丢这份脸了。"老爹一生气,又从饭橱里取出一瓶酒,咕咚咕咚喝完,穿上袍子就往外走,临走时还恶汹汹地骂道:"我懒得看你!"

"呸!"老娘冲着老爹的背影狠狠地啐了一口唾沫,"你有嘛资格管孩子?孩子再荒唐,也不似你天天在外边睡!"

"娘。"看到老娘护着自己,侯明志顺势伸出手来,不容分说,老娘立即将钞票塞在儿子手里,侯明志捏住钱,抹抹嘴角,拔腿跑出家门,直奔皇宫舞厅上晚自习去了。

如此这般，侯家的这位狗少爷就算长大了，"七七事变"，天津沦陷，没几年时间，老爹老娘相继下世，侯姓人家的这支这系，就只剩下侯明志一个人。侯明志游手好闲，身无一技之长，他还要吃吃喝喝，玩玩乐乐，有时候心血来潮，还想玩一把出人头地，这一下便引出了许多荒唐离奇的故事。好在是天津卫，无论什么没谱儿的事都不新鲜，前晌这位爷还喝五吆六地坐洋车吃馆子呢，下晌他就流落街头讨饭乞食了，什么原因？没混好。

　　那么，混好的呢？混得太好的，咱是没见过，只是有一天，先父大人带我去看他的一位朋友，拍了半天门，没人应声，最后好不容易听见开门声了，但那位爷却从门缝里对先父大人说道："二兄，你先等会儿再进来呀。"先父大人应声，就和我在门外等了会，待到屋里传出声来"请吧"，我才和先父大人一齐进到屋去。抬头一看，那位爷正围着被子在炕头上坐着呢，问他何以不下地，答曰，裤子被老婆当了。当票呢？那位爷在炕席上翻找半天，将当票送了过来，先父大人心善，便嘱咐他说，你在屋里等着，我去当铺给你将裤子赎回来。说着便领着我走出那户人家，直奔当铺而去。当然去当铺赎裤子那是要用一些时间的，也就是个把钟头吧，待我的先父大人夹着那位爷的一条破裤子回到他家时，嗬，拦驾，不让进了。再看，大门外早立了八名马弁，门外停着汽车,树干上拴着骏马。细一打听,说是这所房子变成了元帅府了。元帅哩?正在里边试元帅服呢。我的先父大人知礼,当即请马弁向府里传话,恭问元帅大人安好。我不谙世事,扯着嗓子就喊:"二大伯,你那条破裤子赎回来了。"谁料,恰这时二大伯元帅正从元帅府出来,后面跟着八名随从,二大伯元帅一努嘴,便走过来一个随从,抓住我的衣襟便破口大骂:"该你的兵号,就老老实实地去打仗,一条破裤子便想赎人,喊二大伯也没用。"你瞧,他早不认得我了,还拿我当作是抓来的壮丁呢。

2

侯明志，风流倜傥的七尺须眉，转瞬间，便到了而立之年。

听老辈人讲，侯姓的男人本来一个个都奇丑无比，所以尽管侯姓人家的子弟一个个都学富五车，但是却没有一个人愿意考状元，因为人人都怕落个钟馗式的下场，好好的头名状元郎，只因为相貌丑陋不堪，皇帝老子殿试，一句戏言，"你这样的丑八怪，活在世上干嘛？"立即，金口玉言，推出午门斩首，你说冤也不冤？所以笔者有自知之明，多年来只在暗房中掌灯写作，几次承蒙天子召见，一概托词因患急性肠炎而不往。说来也怪，谁料本族中的侯明志先生，竟奇迹般地出息成一个美男子，眉清目秀、肩宽体健，强悍中带着斯文，儒雅中又显得英雄，果然是仪表非凡。天津人称这类人物是"上人见喜"，翻译成大白话，便是十个人见了九个人爱，天津市威震一方的评书泰斗张寿臣，一眼便打量上了侯明志，说他的容貌极像三国中的孙权，《三国志》一书记孙权,"形貌奇伟,骨体不恒,有大贵之表。"现在到了民国,这位孙仲谋式的人物便是侯明志。

只是,侯明志如何能和人家孙权比呀,"生子当如孙仲谋",养儿子,就得像孙仲谋那样,少年英豪。侯明志比孙仲谋,英雄有余,而豪气不足。人爱孙仲谋一心治国,咱们侯明志一心玩闹;孙仲谋终日在帐中运筹帷幄,侯明志从早到晚在街上闲逛。你说说,将侯明志和孙仲谋拉到一起,那不是给人家孙仲谋脸上抹黑吗?

孙仲谋如果似侯明志这样,准得亡国;侯明志若是学孙仲谋那样,也保准挨饿,君子各攻其道,各人有各人的活法。侯明志唯有在街上闲逛,才会有每日的三餐酒肉;侯明志也只在街上闲逛,才有了日后的飞黄腾达和身败名裂的结局。闲逛是天津卫许许多多男子汉的谋生方式,"你老在哪行恭喜?"是问阁下在哪儿供职,"嘻,惹惹。"回答得含含糊糊,使用的是一种模糊词汇,不干正经差事,什么事都跟着瞎掺和,掺和好了,占点小便宜,掺和出了差错,也不亏本,两肩膀上扛着一颗人头,死光棍一条。

上午八点,距离中午开饭还有一个小时,侯明志准时从家里走出来,上街,信步而行,天津卫讲话,这叫"开逛"。逛什么地方?不知道,逛到哪儿算哪儿;想逛个什么目的?不知道,逛个什么结局便是什么结局。开逛,有讲究,要衣冠齐正,斯斯文文地逛。赤胸露臂,摇摇晃晃,不算逛,那是"找挨揍"。开逛就得全身上下衣冠楚楚,没有一丝尘土,带出嘛营生也不干的神态。而且,人缘要好,遇见熟人便要施礼,"爷",一声称呼,道过问候。对方还礼,问上一句:"哪逛?"表示知道是一位逛爷,不是出来找饭辙,回答:"瞎逛",表示还没碰上事由。"慢走您老",二人又施礼分手,各自扬长而去。

如此瞎逛下去,到哪儿吃饭去呢?杞人无事忧天倾,用不着替他担忧,出不了半个钟头,准能碰上点什么闲事。"侯爷,这件事非得你老出面不行了。"说着,便被什么人拉走了,什么麻烦事一定要侯明志去了结?一个地痞下包子铺,从包子馅里吃出来一只死苍蝇;一位老人到茶叶铺买茶叶,话未说出口,中风不语,瘫倒在茶叶店里;街上走着的一位摩登,突然闯进门来,说是柜上的先生冲着她飞眼;再有的鞋店里女顾客,伸出脚来让伙计给她试鞋,伙计才伸手,她呀地一声喊叫,说是伙计暗中捏了她的金莲……天津卫不是大吗?天津人不是多吗?地大人多,便每时每刻都要发生这类龌龊事,碰上这类事,便要请侯明志出面调停,而且无论这桩龌龊事多么"崴泥",只要侯明志一介入,三言两语,保证大事化小,小事化了,双方和好如初。

写到这里,这位侯爷的身份已是渐渐地清晰明了,原来他是一位"大了"。对了,侯爷正是这么一个人物。只是侯爷不是一般的"大了"，一般的"大了"，只管民间的琐细事，没有大官司，每天混上两餐饭，再捞个一元八角的跑腿钱，心满意足，就算日子混得下去。侯明志这位"大了"，是天津卫数一数二的"大了"，专"了"人命官司，专"了"官家争端。南市三不管两个混混头目，一个袁文会靠着青帮仗着警察总署便衣队，另一个刘光海靠着洪门仗着市党部，两个人你不含糊我，我不含糊你。一次为争"口儿"，双方下了知会，定于三天之后就在口儿上闹事。时间一到，袁文会率千名打手站在口儿东边，刘光海率千名恶汉站在口儿西边，"三老四少街坊邻居们，打扰了"，话音未落，呼啦啦两队人马迎面冲撞而去，霎时间只见棍棒挥舞，血肉横飞，梆！梆！梆！一声声全是棍棒打破人头的响声，英雄好汉们竟没有一个喊疼叫娘。打得好，打得气壮山河，打出了大老爷们的威风。当时赶到现场的记者立即向报社发回消息，"真是千古绝打"，令天津人扬眉吐气。半个小时之后，正在难解难分之时，突然双方鸣金收兵。谁胜谁负？不得而知，只是听说"大了"侯明志先生到了。当即，侯明志左手拉着袁文会，右手拉着刘光海，"怎么着，爷们儿，不喝一眼井的水，还头顶一块青天呢，有嘛解不开的疙瘩非要伤和气，走，给兄弟我一个面子，中华茶楼，咱们细谈。"当即，双方的老头子被侯明志架走了，免战牌挂出来，死的拉走，伤的抬走，不死不伤的收拾街面。至此，一场厮杀终了。半个小时之后，店铺恢复营业，卖布的卖布，卖盐的卖盐，南市大街又是人声鼎沸，人们只打听谁家又在甩卖国货，压根儿便无人去想刚才的那一场血战。

光在民家与民家之间做"大了"，还算不得是真"大了"，在天津卫还坐不上"大了"的头把金交椅，侯明志的神通非凡，就在于他能在民家与兵家之间做"大了"。

1937年"七七事变"，日本人侵占华北，天津沦陷。原中央政府华北驻军王司令率部"挥戈南下"，发誓曲线救国，不成功便成仁，不成仁便不再做人。兵车停在天津老龙头火车站，三军弟兄一致表示要下车向天津父老辞行。这一下吓坏了天津的士农工商，各行各界，商会同业公会，闽粤会馆，山西会馆，江浙会馆，连寺庙观庵里的僧人尼姑们都派出代表，齐刷刷来到侯明志府上，央求侯二爷代表天津民众去车站为这伙残兵败将送行，自然要带去一份足够王总司令安抚自家弟兄的巨款。侯明志当然不肯舍下自家一条性命以护佑故里父老们的盆盆罐罐，既然兵家要亲见他们的衣食父母，父母们也就该更重情义，不外就是一个抢字，无论什么金银财宝粮食衣物，由他们能拿多少便拿多少好了。人家王总司令也说了句爱国的话，这些财物一旦落入日寇手里，他等便要更加强大，老子我的救国抗日大业也就越加艰难。倒不如将天津卫的所有钱财全部让洒家带走，招兵买马、精良装备,不消三天五日,杀将回来,天津父老岂不就又过上好日子了吗?

只是,只是,"侯二爷,无论如何,您要出面维持维持呀。那些丘八们只要一出了车站,这天津的黎民百姓就遭了殃了呀!"各界代表一齐向侯明志央求,这于水火之中护国爱民的重任,已是非侯明志莫属了。

"我不去!"侯明志一摇脑袋,回答说,"我不怕抢,我一不开银号二不开商行,祖辈留下来的一片房产,和国土连在一起,他也不抢。你们谁怕挨抢,谁自己找王司令谈判去,他腰里别着家伙,两句话谈崩了,他掏出盒子炮来,一搂火儿,你小命丢了。谁惹得起?知道人家为嘛屁股后边挎盒子炮吗?不讲理,就是为的不讲理。"

当然,最后侯明志还是出山了,各界人士把可能被王总司令抢走的财物出一成,算是对侯二爷的感激。侯二爷暗自一估算,这笔钱数目不小,为这笔巨款即使丢了性命也不冤。就这么着,侯明志带上几个随从,直奔老龙头火车站去了。

到了老龙头火车站,那几位随从都不凑前,只有侯明志大摇大摆地上了军车,站在车站上的几个随从一个个全身哆嗦,只等军车里一声枪响,侯明志的尸体从车窗里被抛出来,他几个好匆忙逃命。谁料,未及一袋烟的时辰,车门打开,侯明志从军车上走下来,车门还没来得及关好,咕咚咚一下,火车启动,然后便风驰电掣地直奔江南而去了。

"侯二爷神了。"

立即,满天津卫传开了侯明志军车上智送王总司令的消息,有人说侯明志一上军车,一抬手便在王总司令的肩上拍了一巴掌,"怎么着,二弟,这么多年天津爷们儿把你们养得不含糊啊。养兵千日,用兵一时,日本人眼看着要进来了,这不正是用你们的时候吗?等日本人进来一看,你瞧瞧人家中国兵,走的时候嘛都没捎着,国土都白送了,国土上边的这点浮财,根本看不上眼。"

就这么一说,王总司令的眼泪掉下来了,顺势他把个大信封塞在了侯明志手里,然后下令开车,他们这一干兵马便曲线救国去了。

"那王司令真那么听你话吗?"有人私下里问侯明志,侯明志笑而不答。其实侯明志自己心里有数,当时,侯明志才登上军车,突然间电报员跑过来冲着王总司令敬了个军礼,"报告司令,日军已开进杨柳青镇。"杨柳青镇离天津20里,总司令二话没说,"开车!"当即,便将侯明志从军车上推下来了。

王司令不是还交给侯明志一个信封了吗?不假,是有这么回事,那信封里装着一封华北驻军致天津父老的辞别信:

"国难当头,日军猖狂,国土沦丧,生灵涂炭,抗战无望,先行曲线,来日方长,后会有期。"声泪俱下,也颇为感人。只有这一封辞别信吗?这又是只有侯明志自己知道了,那信封里还有一个小纸条,外加一万元现钞,那小纸条上写着一位女子的住址,皇宫饭店多少多少号。那一万元现钞,侯明志当然不敢私吞,而且不必走什么曲线,当日下午,他便找到皇宫饭店去了。

走进皇宫饭店多少多少号房间,侯明志一见到那位芳名叫作于翠娥的妙龄女子,心中立即对中国的军界要人们产生了无限的敬畏,好眼力!光指望天津卫的老爷们儿、老娘们儿,是生不出来这样的绝色美女的;即使是当年的皇帝老子选妃,也选不出这样才貌出众的人儿,这要自己亲自带上兵马去搜,而且要大江南北、长城内外地几番抄捡,最后才能把这么个空前绝后的天仙弄到手。

于翠娥接过侯明志转交来的秘函和一万元钞票,当即刷刷地流下两行香泪,"郎君呀郎君,谁想到你一介武夫,居然还如此痴情。"当即,秘函收下,一万元钞票扔进火炉烧了。日本人进天津,中央银行发行的钞票早就作废了。

"侯二爷救我,小女子在天津举目无亲,王司令曲线救国去了,这沦陷之日,只有侯二爷与小女子作患难之交了。"说着,于翠娥歪着身子就往侯明志身上靠,侯明志是何等的刚烈，当即将身子闪向一旁，正颜厉色，便对于翠娥挥手说道：

"明代有一位烈女李香君，薄命人写了一幅桃花照。好好地等着王总司令，你还年轻……"

"他可是六十多了，改朝换代，日本人既然来了，按照明清的先例，也该有 300 年的天下。吃呀穿呀，胭脂水粉，谁养活我呀！"说着，于翠娥又嘤嘤地哭着。

"我侯明志虽说身无一技之长，照料司令太太，粗茶淡饭的，我还能勉为其难。生为民国人，死为民国鬼，我侯明志誓死不给日本人做事，守贫于市井之中，寄情于山林之间，我侯明志是一定要等到河山光复之日的。"

好男儿，有骨气，侯明志果然真给咱天津爷们儿争了光露了脸。日本人占领天津，侯明志再也不和政界、军界来往，他不穿东洋布，不买东洋货，至死不进日本餐馆，从来不吃寿司不喝清酒，铮铮铁骨，他要做一个宁肯站着死不能跪着生的中国人。在街面上做"大了"，他先要问清双方背景，只要有一方沾上日本人的边儿，他是绝对不肯出山。到后来天津立了新民会，士农工商为了保全自己，一窝蜂地往新民会里边靠，有人也来劝过侯明志，"侯二爷，人在屋檐下，不能不低头。三四年时光过去了，日本人的江山也就算坐定了，好汉不吃眼前亏，不就是衣襟上别个新民会小牌牌吗？顺民,图的是一家老小平安。"

"呸!一臣不事二君,难道这为人的一个'忠'字,你们都忘了吗?我就是不投靠日本人,就是不进新民会,看他们能把我怎么样?"侯明志斩钉截铁,断然驳回了好心人的劝说。

当然,侯明志的不投靠日本人,还有一层不能与外人道及的秘密,如今他正为王总司令照料着于翠娥,倘若他改换门庭,做了二臣,这前朝老臣的眷属,又该托付给谁呢?只是,到底是女人见识短,水性杨花。那不争气的于翠娥竟在第四年头上,改弦易辙,悄悄地陈仓暗渡,她和天津新民会会长陈世贤陈二爷姘靠上了。

3

"乒—梆！"

"哗哗哗，叭叭叭！"……

鞭炮齐鸣，锣鼓喧天，高跷会、小车会、地秧歌、大法鼓，各区各界的民间耍戏一齐上街，万民欢呼，高歌狂舞，1945年8月15日，日本投降，国土光复了！

要想描绘描绘当年天津城欢呼抗战胜利的热闹景象，那是写上十万八万字也写不详细。8月15日夜间，日本天皇宣读无条件投降诏书，话音未落，江河决堤一般，千家万户的天津人便涌上了街头，电压不足，路灯暗得一片昏黄，但天津人有煤油灯、汽灯，还有千盏万盏不知什么时候扎糊好的纸灯，来不及扎灯的，索性弄一个铁罐头盒，里面点一支蜡烛，全天津城的男女老幼一齐涌上街头，千盏灯万支烛，立即便把个暗无天日的天津照得一片光明。

"日本鬼子投降了！"

"光复了！"

那时候天津爷们儿还不会喊口号，一个个便放开嗓子大声地吆喝，你也喊，我也喊，一家伙将在心头压了八年的亡国恨全部宣泄了出来，许多人喊得泪光闪闪，更有人喊得泣不成声。山河光复，只有做过亡国奴，做过奴隶的人，才最知山河光复是何等的辉煌灿烂。

"我早就料定小日本长不了，骨肉同胞四万万，能甘心做亡国奴吗？"头一个跑上街头，人群里钻出钻进，精神抖擞，蛰居八年的侯明志在市民们的簇拥下，到处发表演说。说着说着，心潮澎湃，"打倒日本帝国主义！"侯明志终于把在心里埋了八年的激进口号喊了出来。

八年时光，侯明志已是40岁的人了。当然，这八年日月，他保养得好，靠着祖辈上留下的房产，再加上自己在市面上的名声人缘儿，这八年他没受多大委屈，除了和所有的中国人一样不能吃大米之外，什么鱼呀肉呀的，也算没断了口福。所以，八年之后，侯明志重新在街头上出现，他变得健壮了，肩膀宽了，胸膛挺起来了，立如松，坐如钟，侯明志出息成堂堂的大男子了。

"有仇的报仇，有冤的报冤，天津卫的老少爷们儿，找日本人算账去呀！"

也不知是谁带头一喊，呼啦啦，高跷会散了，小车会散了，满街满巷的人散了，争先恐后，你追我赶，人们一窝蜂向河东跑去。河东一带有日本人公寓,有日本军需仓库,有日本军方的各个机关,还有日本人的住宅。一阵黑风卷起,后面的人才上了老铁桥,头一拨报仇报冤的人已经报完仇报完冤凯旋归来了,他们扛着大箱子小箱子,夹着大包袱小包袱,更有人头上顶着日本礼帽,身上披着日本和服,还有的手里摇呱哒板(日本木拖鞋),耀武扬威,他们已满载而归了。

"唉!"晚到一步的天津爷们儿,看着被洗劫一空的日本人居室,只好摇头叹息,"真没想到,日本人抢了八年中国的东西,一夜之间,居然便被中国人抢光了。"

说来说去,日本该亡国,八年时间,抢的东西不少了,他们想要什么东西,中国人谁敢不给呀?可是抢来的东西呢?他们都交给国了,自己家里就只有一张榻榻米,几件和服,一口袋白米、一瓶子米醋。那些金银财宝呢?那些古玩玉器呢?正因为他们抢的东西都交了国,所以才没有人为国卖命,好歹自己留卜点什么,他们也能懂得点爱国便是爱家的道理,若是能全留给自己,莫说是有人碰一下国,就是说一句国的不是也不行,别人不和你拼命,他还和你拼命呢。爱国嘛,没点热情还行!

从日本民宅没抢出什么东西来,天津爷们儿不死心,大家伙儿瞧着这些草垫子、呱哒板……心中暗自一算:不对,日本人占领中国八年整,不可能只抢这么点东西,他们准把好东西猫腻起来了。搜！

这一搜，搜出真货来了，日本仓库，那个肥呀，河东一号军需库，通通是毛毯，河东二号库，通通是呢子军装，三号库，一片库房通通是电灯泡，四号库，醋，日本米醋，贼酸。日本鬼子真不是玩意儿，东西怎么可以这么样地存放呢？你要各样东西都存一些嘛，起码管库的人用着也便当呀！

抢了几处仓库，还不对，还有金银财宝，还有比电灯泡、米醋更值钱的东西，继续搜！这时有人说话了，别搜了，全在武斋洋行、正金银号的地下室里放着呢。只是武斋洋行、正金银号的钥匙还在日本人手里，而且即使你将那串钥匙抢到手，也没用。那地下室大门的大锁，除了要用钥匙开之外，还得对暗号，对数码，开锁的人还要知道咒语。大门开了之后，里面还有暗道，不知根知底，在暗道里乱闯，一步走错了，踩上机关，地面上一个暗门打开，咕咚一下，将你掉在陷阱里，那陷阱里养着毒蛇，我的天……

这一来，天津爷们儿明白了，原来这日本帝国的文官武夫们，无论谁抢了东西，全要往上边交，他们压根儿不懂得要留在自己家里点什么，所以这日本国富官穷。据年岁大的人记忆，原以先，中华民国的文官武夫们就不这样，他们把搜刮来的东西通通留给自己，上边也不要。如果是大家合着伙地搜刮，那先把分成的办法说清楚，分成的办法说不清，或是说得不公道，那就谁也不下手。当年七七事变之后，王总司令率退兵路过天津，所以在车站停了两天没下手，就是因为上上下下对于王司令提出的分成办法有争执。一师、二师全是千把来人，分20%；三师是个吃空号的虚设，只有一百来人，其中还有什么伙夫，传令兵，也分20%，不公。不公，就谁也不下车去抢，我抢来的东西给你，没那么便宜。我留下骂名，你发财，没门儿。就这么着争来争去，日本人追到了杨柳青，仓惶逃命，白把天津卫满地流的银子送给了日本人。

　　"来买吧，来拿吧，给个钱就卖啦，协合票留下也作废呀。有用没用，家里压箱子底去吧。小日本不倒霉，哪有这么便宜的货呀！全都是地地道道的军需品呀！"

　　1945年8月17日，天津卫爷们儿在欢庆抗战胜利之后，立即便推车摆摊卖上了东洋货。当然，全是从日本仓库抢出来的，绝对的上等全新货色。毛毯又厚又软，顶两床棉被，一辈两辈的用不坏；军用大皮靴，光那副鞋底足有一寸厚，从天津走到南京、绕杭州、下南昌、直奔四川爬峨眉山、过甘肃从大戈壁走回来，完好如初。买吧，一双只卖一元钱。

　　这一天，天津人可是买上便宜货了，独流老醋，一角五分一瓶；日本米醋，给一角钱，随着你往家抱；全钢锃亮的日式铁镐，一角钱一把，抡起来，"嗵"地一声，能把电车道砸个大坑。值不值？日本军用牛皮挎包,真牛皮,四四方方,人家日本人用它装地图、电筒、水壶,有各种用具,天津大娘一人买了一个,将长挎带剪掉,买煤球,足可以盛20斤。一个小孩一角钱买回来一只大木盒,四四方方,绝对硬木,油漆锃亮,顶面上还刻着两个字:武魂,骨灰匣。管它是什么匣呢,拿回家去当碗橱。中国人不崇敬武魂,中国人怕饿鬼。

"侯二爷,国不可一日无君,家不可一日无主,市面上乱成一团,你老可要出面维持维持呀!"到了8月20日,天津市商会会长吴传铭,天津卫理公会会长陆玉宾,以及闽粤会馆、江浙同乡会、山西会馆等天津各界的头面人物一起来到侯明志宅所,情真意切,央求侯明志出面维持一下天津的市面秩序。

天津卫早已经乱得一塌糊涂了。

先是打日本人,抓住日本人就打,打得鼻青脸肿,头破血流,打得日本男人不敢出门,只能让日本女人上街。谁料,中国各位爱国志士对日本女人也不手软,捉住也打,打得日本女人缩成一团,缩在街角上哆嗦。打着打着,出来一男子,破口便骂"八格牙鲁",众国人将他捉来,一同狠打,打得那男子抱头喊叫,"别打了,我是中国人。"冒充中国人,打得更狠,直打得遍体鳞伤,众位天津爷们儿才罢手。这时只见那个挨打的男人挣扎着爬起身来,冲着各位骨肉同胞抱怨说:

"刚才你们打日本鬼子，我用中国话骂他，怕他听不懂。"活该，谁让你喊"八格牙鲁"呢。更有甚者，几个市井无赖趁火打劫，竟然做出了许多下流勾当，真是丢尽了中国人的脸。

然后，当然就是抢。日本民宅被抢光了，日本仓库被抢光了，有人在筹划抢日本银号、武斋洋行，抢仓库。但是日本国有令，军队无条件投降，但是不向地方民众缴械。军火库、军事设施、银行、金库，仍由日本军人把守，遇有抢劫行为，依然可以武力自卫。这几天就发生过日本电网电死中国人的事。夜里有人翻墙跳进了大来银号的后院，当即被日本守军捉住了，手铐脚镣，就给下了地牢。

抢不了日本银号，市面传言，就要抢中国人。一切给日本人做过事的，算是附逆，自然在遭抢范围之内；一切在日本占领时期营业的商号，算是发国难财，参与日本对华的经济战，也逃不脱，等着来，一户一户地洗劫。

于是各街各巷纷纷成立了治安队，名义上是保护本街本巷的平安，瞅冷子寻机会便出去找点"外快"。地道外一个老婆儿摆烟摊，绿炮台，大东亚兄弟烟草公司出品。出售敌烟，呼啦啦就被一群胜利民众抢光了，抢得那老婆儿蹦着脚地大骂："我出售敌烟，你们还抽敌烟呢，杀千刀的，让你们不得好死！"

"侯二爷，这桩事非您出面不行了！"众人又是一番恳求。

"我管不了。"侯明志摇头拒绝,但心里好不得意,终于有求着我侯某人的时候了。想当年你们一个个财大气粗,低三下四地只巴结新民会、市政当局,有谁把侯某人放在眼里?如今,日本人投降了,市政当局关门了,新民会也"黄"了,新民会会长陈世贤,连家门都不敢出,大势去矣,改朝换代了。可是中央军还没有来,有消息说,重庆政府手忙脚乱,没想到日本人会投降,如今匆忙调兵北上,连条船都没有。而且还要先下南洋去接新一军。粗略一算,中央政府能派人来接收天津,至少要一个月之后,这一个月的时光,可是如何过呀?!

"看在几十万家乡父老的面上,你老就出山维持维持吧。虽说天津卫不少的社会贤达,可是沦陷八年,谁敢不效力日寇,被迫地去做违心的事呀?就以我吴传铭来说吧,身为天津商会会长,为维持天津各家商号的营业生意,我得头一个去进新民会,明知道附逆可耻,可是也只能逆来顺受呀。如今市面上这样乱,我若是能似侯二爷这样于沦陷八年期间洁身自好,我当仁不让,一定出山维持市面平安。"商会会长一番陈述,已经是肺腑之言了,侯明志听着,也不得不点头喟叹。

"我一不受中央政府委任,二没有一兵一卒,由我出面维持市面,把人都得罪了,来日待国军一到,大家伙联名去告我的状,你们谁为我做主?"侯明志双手一摊,说得也是理直气壮。

"唉呀,侯二爷!"卫理公会的陆玉宾说话了,"民众的拥戴便是政府的委任,待来日中央政府接管之后,无论是立参政院,还是立议事厅,我们三教九流一致保荐侯二爷为参政院、议事厅的总管。至于兵卒粮草,侯二爷放心,无论多大的开销,全由商界、工界募集,无论怎样也比挨抢强。"

"侯二爷,头一笔维持费,我们已经募集到了,你老照收吧,一百万。"说着,商会会长吴传铭将一百万现钞放在了侯明志面前,整整装满一个手提包。

侯明志呆了,我的天,一百万!他从生下来就没见过这么多的钱,至少他没看过这么多的钱放在一起是个什么样子。原来也没什么了不起,就是一大堆,一不起火,二不爆炸,就和一堆砖头砌成一堵墙一样,平平常常,就是一个字:多!

…………

布　告

日寇投降,民国光复,国运宏达,振兴在即。但近日以来,有不法之徒趁民众欢庆胜利之时为非作歹，种种不轨行为，使我光复之城几近沦为乱邦。为维持治安，安定民生，天津市三一部队特发布命令如下：

一、原天津特别市一切权力由三一部队接管，原一切公职人员继续留任。但其中一切新民会委员以上人等，均以解聘论处，着其反省种种附逆行为，听候审理。

二、自命令发布之日起，天津各界工商经济恢复营业；一切合法工商业行为，均受三一部队武力保护。

三、各娱乐场所着即日恢复演出，其公共秩序概由三一部队派员维持。

四、为维护社会治安及公众道德，三一部队有权制裁一切非法行为，各派出所、街公所在三一部队统辖下，依法行使权力如常。

此布

中华民国三十四年八月二十日

　　　　　三一部队总司令　侯明志

平地风雷，天津卫就冒出来了一个三一部队，而且侯明志出任三一部队总司令。老百姓不明白什么是三一部队，有人猜测说,三一,就是三个一,一个国家、一个主义、一个领袖;有人说不对,三一,就是天、地、人,三合一;还有人说是儒、道、佛,三合一;更有人说是政府、军队、民众合一;老婆儿们没文化,说三一部队就是三鲜馅饺子,虾仁、鸡蛋、肉;当然也有人诬蔑说三一部队就是神仙、老虎、狗。至于再说得难听些,那就不堪入耳的话都有了,这里不予录载也罢。

4

1945 年 8 月 21 日上午 10 时,侯明志在天津卫各界社
会贤达、富绅巨贾、宿儒名士以及三教九流首领的簇拥下,
大摇大摆,来到了天津特别市行政公署的所在地,接管地方
政权。

侯明志,好一副非凡气概!他身穿国民政府正规军草绿
色毛料笔挺将军服,头戴大壳金边将军帽,军帽上青天白日
党徽威严庄重,双肩配中将满金两星大肩章,腰间武装带,
武装带右侧挎着指挥刀,黑色大马靴,双手一副白手套,俨
然封疆大臣模样。

只是侯明志这一身穿戴是哪来的呢?国民政府跑走八
年了,你若想找一件旧军服是可以的,全套的扎靠可是不好
凑呀!这不是天津卫吗?莫说是"七七事变"之前的穿戴,就
是清朝入关以前的明代服饰,只要用得着,一夜之间准能凑
齐,连儒生的方巾,店小二的围裙都保证是 300 年前的地道
老货。天津人多个心眼,无论什么作废的东西都不扔,也不

改制,斗转星移,谁知道什么时候唱哪出戏呀? 不是想趁火打劫,混水摸鱼吗,那就得要多有几套路数。

毕恭毕敬,市公署门前,高高的台阶下面,日伪时期天津特别市市长温士珍垂手而立。在温士珍身旁,低头弯腰站着的是原新民会会长陈世贤,在他二人身后,是黑压压一片原伪职官员。改朝换代,官场留下的礼法,跪迎新主。

"原天津特别市伪市长、附逆罪职温士珍,并原天津新民会会长、附逆罪职陈世贤恭迎三一部队总司令侯明志大人接管市政公务。敬祈侯司令长官一展治国宏图大略,维持治安、繁荣工商、造福百姓、建树德政。罪职温士珍、陈世贤等于日寇占领天津时期,出于无奈担任伪职,有过种种附逆罪行,至今深感内疚。为此,罪职温士珍、陈世贤等愿接受民国政府一切制裁,并向侯司令及津沽各界父老谢罪致歉。民国光复,国运振兴,四万万同胞安居乐业,实乃温士珍、陈世贤等罪职的殷切希望……"哆哆嗦嗦,温士珍活赛是老鼠见了猫一般,一字一字地读他的谢罪书,看那神态,他已把侯明志看成是中央政府的全权代表了。

"呸! 他侯明志是什么东西?"就在昨天晚上,市长大人温士珍在听说侯明志要接管市政权力的时候,还拍案而起,暴跳如雷地破口大骂。"中央军一天不到,我就是天津特别市的市长,侯明志一介市井无赖,居然也想当乱世英豪,趁火打劫做草头王！"

"士珍兄，小不忍则乱大谋呀！"儒雅安详，一副夫子模样的陈世贤在一旁尽力劝说，"好汉不吃眼前亏，市间民众既然拥戴他做了头目，凭藉着人多势众，且他等又以抗战人士自居，那是想把我们怎么样就怎么样的。你没听过点天灯的事吗？暴民们一拥而上，趁着中央政府还没接管政权，愣把原来的旧职官员绑在旗杆上，泼上猪油，一把火活活地把人烧了。你以为天津城是君子之邦，他侯明志做不出这种事？老百姓不就是跟着瞎起哄吗？这几天街上打日本人的惨状，你老兄总该看见了吧？别人不知内情，你我还不知内情吗？那些在日本公寓住着的，全是日本平民呀，从把他们迁进天津城那一天开始，每顿饭就是两个米团一条小干鱼，整整八年没吃过饱饭。可是如今哩，真正那些当年跟咱老哥俩吹胡子瞪眼的战争罪犯，人家还在兵营里住着哩，替他们挨揍的，全是日本平民。得了吧，士珍老兄，忍气吞声，好歹维持着把这场戏唱下来，中央政府不是说一个月之后接管华北么！咱一盼着这一个月之内苏俄红军别进关；二盼着这一个月之内别让乱民把咱两人杀了，只要中央军一到，没有办不成的事。士珍兄在那边没人吗？"

经陈世贤一番劝说，温士珍的火气消了，顺水推舟，假戏真唱，他侯明志不就是想过几天土皇帝的瘾吗？好言好语哄着他,鸡鸭鱼肉地喂着他,骑驴看唱本,走着瞧吧。

"行了,少啰嗦吧!"侯明志听得不耐烦,一挥手打断了温士珍的谢罪词,"什么谢罪不谢罪的,早知道有今天,当初就不该附逆,知道中央军如何处置汉奸吗?枪毙。"

"罪职该死。"温士珍低头哈腰地说着。

"罪职该死。"陈世贤一旁随声附和。

"行了,这儿没你们的事了。"侯明志又是一挥手,示意温士珍、陈世贤立即退下,"老实在家待着,等中央政府委任状正式送到,我再传你们候审。"

"是是,罪职一定认罪服罪。"

说罢,温士珍和陈世贤两个人暗中互相看了一眼,一同向侯明志鞠个躬,侧身退去,二人登上各自的私人汽车,回家去了。

"同胞们!"噔噔噔,侯明志右手扶着指挥刀,健步如飞跑上市政公署门外的大高台阶,转回身来,冲着台阶下恭迎三一部队总司令到任的伪职官员,和黑压压成千上万看热闹的老百姓,神采飞扬地发表了一篇即兴演说:

"日本帝国主义投降了!"侯明志再一次向人们宣布这个已是尽人皆知的消息。

"投降了,投降了!"听众们一片欢呼,站在侯明志身后的各位贤达们则一齐鼓掌。

"大好河山光复了!"侯明志把胳膊举起来,做了一个拨开漫天乌云的动作。

"光复了,光复了!"又是掌声,欢呼声。

"我早就说过,小日本长不了;我早就说过,中国四万万同胞,总不能永远甘心做亡国奴;我早就说过,中国是一条巨龙,巨龙是一定要振威的。现在,青天白日的中华民国胜利了,我们再也不当亡国奴了。小日本不让中国人吃大米,从现在开始,中国人可以吃大米了。吃吧,好日子就要来啦!"

"噢!噢!"老百姓也不知是跟着喊了些什么,反正就是群情激昂吧。

"侯司令,什么时候枪毙大汉奸?"

"侯司令,什么时候选举大总统?"

"侯司令,是自来水不要钱了吗?"

"侯司令,还让抽大烟吗?"

七嘴八舌,市民们就自己关心的问题,一一地直接向侯司令提了出来。是呀,一夜之间,日本投降、民国光复,许许多多与市民有关的问题都不知该怎么办,日本浪人原来开鸦片烟馆,中国人抽,如今日本浪人跑了,中国的鸦片烟鬼们去哪里抽烟呢?你总不能说沦陷时期可以吸鸦片,光复了反而不许吸了吧?还有那许许多多的妓院,到底是允许不允许继续拉客？还有,还有,还有的事多了,侯司令,你说该怎么办呢？

"好了！"又是一挥手,侯明志结束了他的就职演说,目光往下一扫, 他冲着原来的伪职人员发布了训令,"你们原来是哪个课的,一律回那个课,原来做什么事的,还接着做什么事,只是要记住,以前你们是效忠日伪,从现在开始,咱们是服务民众！"

呼啦啦, 活赛是刮了一阵旋风,千多名原来的伪职官员,摇身一变全成了民众公仆了,大家整理一下衣饰,面色严肃,一齐又走进到市政公署的办公大楼去了。

嗒嗒嗒嗒嘀,嘀嘀嘀嘀嗒,也不是谁预先找来了一个乐队,小令旗一摇,震耳欲聋打起了洋鼓吹起了洋号,市政公署门前,立即又是一片喜气洋洋景象。

…………

"干杯！"

中午 12 点,宴宾楼饭庄从一楼至三楼共计 120 桌摆开宴席,欢庆光复并恭祝侯明志大人就任三一部队总司令,天津卫各界人士计 1200 人,入座就餐。

谁请客？主桌燕翅大席除外,其余 119 桌,即使是比主桌少那么几品菜肴, 少说每桌也要大洋 50 元。喂饱这1200 位蝗虫,没有 12000 亩地的高粱棵子,行吗？这笔钱,谁出得起？

用不着犯愁，商会会长吴传铭下的帖子。原来只说10桌，100人，但呼啦啦来了1200位，人人送来了官礼并现钞若干，一定要晋见侯明志司令，并要与侯司令碰杯共贺河山光复。你说不让谁来？没有办法，临时和宴宾楼的掌柜商量，全部三层楼的大餐厅一律摆桌设宴，厨师不够，立即邀请天津各家大饭庄名厨分别主灶。宴宾楼饭庄主管冷拼、热炒，天合居饭庄主管燕翅大菜，正阳春的烤鸭，全聚德的野味，天一坊的百年老卤极品童子鸡，杏花村敬奉烤全羊。消息传到英租界，起士林西餐厅也要贡献一片爱国之心，专程派汽车送来西点1200份。只有原来的几家日式餐馆羞愧难当，为表示革面洗心，为120桌酒席特献抗战名菜——轰炸东京。

这轰炸东京，那才真是一道爱国菜，最早是民国将士们在重庆吃开的。那时国土沦丧，日本帝国主义几乎侵吞了大半个中国，大后方各界爱国志士为弘扬同胞斗志，便将原来的一道名菜"浇汁锅巴"更名为轰炸东京。热锅上烤得焦黄酥脆的锅巴一块块放在盘里，另起油锅做好三鲜卤汁，掌勺厨师一手托着锅巴盘，一手端着滚热的卤汁，一路急跑来到餐桌前面，锅巴盘放在桌上，卤汁高高扬起浇在盘中，热锅巴热卤汁同时发出"剥剥"声响，果然是我勇武空军驾机轰炸东京情状，当然，如果我们的空军有飞机的话。

"干杯,干杯！"

侯明志看着宴宾楼大饭庄里面的热闹景象,晕晕乎乎,不等三杯酒下肚,他已是飘飘欲仙了。这真是此一时也,彼一时也。五天之前自己还是个平头百姓,那时从宴宾楼门外走过,嗅着从餐厅里飘出来的酒肉香味,自己还只能咽口水。转眼之间,黄袍加身,自己今日居然做了天津的草头王,三教九流竟然供奉着自己在这里大吃大喝,不可思议,人世间的事真是不可思议呀！

"侯司令果然是一副帝王之相呀！"寸步不离侯明志左右的商会会长吴传铭,一面连连地向侯明志敬酒,一面说着如歌悦耳的恭维话,"我早知道天津有位奇人,此人真是威武不能屈,富贵不能淫,日寇占领天津八年,此人不食周粟,与日军没一丝往来,且率领民众反抗日军蹂躏。爱国抗战之心,可敬可佩。"

侯明志听着,似是而非地含笑作答。实实在在,他也闹不清吴传铭连声赞叹的这位抗日爱国人物究竟是谁,但他估计着,可能是他。

"诸位父老乡亲。"说着,吴传铭向着众人举起了酒杯,"我们为天津卫能有如此刚烈的抗日英豪干杯！"

"干杯！"欢呼声中,众人举杯一饮而尽。

"那是'七七事变'发生不久,日寇刚刚占领天津未到三个月的时候，诸位还记得老龙头火车站日寇军火列车出轨的事吗？"吴传铭举着又一杯酒，向着众人询问。

"当然记得。"人群中有人回答。

"这场抗敌壮举，就是侯明志司令率部完成的。那时候，天津四郊潜伏着数千名抗日战士，他们的活动，就由侯司令统一指挥。继老龙头火车站后，侯司令又率部火烧日军火药库、军粮城里抢库劫粮、日租界暗杀土肥原未遂。此外，他还率领民众反抗日军收敛铜器，组织罢工罢课，书写抗日标语，策反敌伪治安军。这八年时间，侯明志司令为抗日救国不怕杀身成仁……"

冷不防，侯明志弓了一下大腿，用膝盖骨从背后"拱"了一下吴传铭，吴传铭一回头，正看见侯明志用白眼珠子瞪他。

"你就认了吧，侯爷，你若不因为抗日有功，何以能组建三一部队，还自认是总司令呢？"吴传铭悄声地对侯明志说着，然后又转回身来，冲着众人还要"炒"侯明志。侯明志机灵，他一把将吴传铭推开，自己对众人讲了起来。

乱七八糟，侯明志也不知讲了些什么，反正不外是希望各界人士尽快恢复市面经济，要求家乡父老共同维持社会治安，此外还劝告歹人不要杀人放火，不要聚众斗殴，不要抢劫民宅，不要寻衅闹事等等。至于接受敌产，治理天津等一切还要等中央政府的接管大臣到津后再做具体安排。而且,侯明志最后对众人说:"三一部队,不是个正规部队,将来要接受中央军的收编。兄弟我也不想升官发财,只等国军一到,我就交权让位。三一部队只负责维持日本投降至中央接管之间的天津秩序。国家的长治久安大计,上有总裁,下有各位军政要人,我侯明志默默无闻,多不过就是个临时打补丁的人物罢了。打个比方说吧,崇祯皇帝上吊了,李闯王也跑了,顺治皇帝还没有登基,我哩,就做几天摄政王。"

"唉呀呀,侯司令谦虚。"呼啦啦众人一齐拥上来,你一言我一语,七嘴八舌,齐声颂扬侯明志。

"只要侯司令这段时间治理有方,中央军一到,对侯司令一定会有重用。"

"将来,侯司令就是天津市的市长。"

"我们选侯司令做天津议长。"

一餐午饭,从中午 12 点吃到下午 3 点半,这才酒足饭饱,众人忙着剔牙漱口。宴宾楼掌柜房明山知道各位贤达的嗜好,早让人在四楼点燃了几十盏烟灯,凡是犯了烟瘾,又等不及回家再抽的鸦片烟鬼们,上楼另有侍候。侯明志无此恶习,在吴传铭等人簇拥下,径直下楼而去。

"侯司令留步。"一声招呼,宴宾楼的房掌柜匆匆忙忙地从后面追了上来,侯明志闻声停住脚步,心中暗自揣测这家饭庄老板何以要单独追赶自己，莫非他要向自己结算这一堂酒席的花销不成？当即，侯明志一手握住了腰间挎着的指挥刀，摆出一副军人吃饭不付钱的神态。

"侯司令留步。"宴宾楼房掌柜急匆匆追过来，向侯明志鞠了一个大躬。然后双手托着，送上来一个细长纸包。"本饭庄的家传规矩，凡是名士用餐，饭后，要将本人用过的筷子送给客人留作纪念。"

"嗨，我要这玩意儿干嘛？"说着，侯明志伸手将那个细长的白纸包推了回去。但宴宾楼掌柜房明山精细，他趁着侯明志推让的时机，自己松开手，反让那双包着白纸的筷子落在侯明志的手里。

立时，侯明志呆了，他的眼珠子半天没转动，嘴巴半张着，活赛是得了中风。天啊，这副筷子太重了，压得手腕儿几乎托不住，这绝不是自己刚才吃饭时用的那副筷子，使用这么重的筷子吃饭，吃不了几口，就要累得人胳膊发酸。天下何以会有比铁棍子还要重的筷子呢？哦，突然，侯明志吸了一口长气，明白了，这是一副金筷子，一根筷子就是一根金条，重一两，一双筷子就是二两黄金呀！宴宾楼掌柜房明山暗中祈求三一部队护佑，送礼就送出了花样。

"唉呀，侯司令，一双筷子呗，留个纪念。今后每逢在家用饭，一拿起筷子就想起宴宾楼，宴宾楼就算是托司令的洪福了。"房掌柜护着拥着,将那双金筷子塞在侯明志手里,这才又鞠躬哈腰地送侯明志往外走。

"唉呀呀,莫怪人人都惦着做官呢,原来,做官是真肥呀!"坐在汽车里,侯明志在心中想着,"常听老百姓骂什么贪官污吏,其实,贪官是笨官,污吏是傻吏。压根儿用不着你去贪,人家饭庄掌柜把我用过的筷子送我留作纪念,这算是什么贪?贪,就得把官家的钱塞进自己口袋里。这三一部队才成立两天,根本不沾钱的边儿,连本流水账都没有!"侯明志想着,脸上浮出了得意的笑容。

"妙!"心中暗自得意,一抬手,侯明志用力地拍了一下膝盖,"老王爷得江山非是容易",有板有眼,他唱起了《大保国》老杨波的一句唱词。只是,只是,自己这江山可是来得极是容易呀,各界贤达一起哄,这草头王便当上了,想起来,心中也有些晃荡。不过早以先,陈桥兵变,黄袍加身,得天下的也全是瞅冷子抓空子把龙袍皇冠抓到手的人,这叫先下手的为强。谁是真,谁是假?谁为寇,谁为王?坐稳当了便是真,便是王;坐不稳当便是假,便是贼!古今中外全是这么一回事。

"嘎"地一声,汽车停下了,侯明志从汽车里钻出来。"咔嚓"一声,吓了侯明志一大跳,定睛望去,只见他自家门外立着两个大兵,此时正大喊一声"立正",向着他敬礼哩。哟,这事玩真了,自己当了司令,接管了市政公署,家门口就派上站岗的哨兵了。牛!顺势,侯明志一抬头,算是还礼,大摇大摆走进家门。"礼毕",又是一声大喊从背后传来,这次,侯明志不害怕了。

哎哟,天爷,这大半天没在家,家里变了样了!院里打扫得干干净净,院子正中不知从哪儿搬来了大荷花缸,此时恰值秋高气爽,荷花开得好艳,看着就让人来神儿。再看四面厢房:木门刷了油漆,锃亮,窗户全换上了雕花五彩玻璃,屋里挂了大窗帘。噔噔噔,侯明志走上台阶,推开房门,不对,走错门儿了。这房里全新的菲律宾木家具,写字桌、大沙发、衣架,还有地毯,屋顶上大吊灯……

就算是福从天降,也没这么快的呀,半天时间,一套大宅院,里里外外全变了样。唉呀呀,这天下真有能人呀。原先,自己正房的木窗户坏了,等修理零活的木匠,活等了半个月,好不容易修好了,一阵风,又刮得稀里哗啦。可你瞧,今天,自己没说一句话,没掏一个钱,就是找来件老虎皮披在了身上,还挂了一对肩章,说是什么少将,也只是唱戏做皇帝,过会儿瘾罢了。没曾想,眼睁睁就有人出来侍候你。

"时间仓促,也没向侯司令请示。有什么不称心的地方,我再找人细细地收拾。过两天等温士珍的房子腾出来,侯司令就迁到那边去住了。"正房门里,站直身子和侯明志说话的男子,30多岁,白净脸,一副斯文相,戴着金丝眼镜,头发油油光光,看着就是一位有谋略的人物。

"你是?"侯明志用心地瞅瞅这个陌生人,不认识,便眨着眼睛询问。

"在下卢云人,是侯司令的文书。"陌生人回答着,不卑不亢,理直气壮。

"谁派你来的?"侯明志还在询问。

"是侯司令亲自任命的呀!"卢云人答着。

"我?"侯明志指着自己的鼻子尖又问。

"是侯司令接管了市政公署,又命令各职各司留任就职。卢云人原是市政公署的首席文书,顺理成章,自然就要随侯司令供职了。"卢云人语气平和的一番陈述倒把侯明志说得哑口无言了。

"很好,很好,来日我绝不会亏待你。"侯明志含含混混地说着,总有点名个正言不顺的畏葸劲儿。

说着,卢云人侍候着侯明志坐在沙发椅上,又将侯明志的指挥刀接过来挂在墙上,这才开始向侯明志禀报日常政务。

"报告!"又是一声喊叫,活赛是下山猛虎的怒吼。侯明志打了个冷战,还没容他闹清楚发生了什么事,"嚓嚓嚓"一座大山从门外移进来,顶天立地一条壮汉站在了侯明志面前。

"三一部队河东分队大队长赵大力奉命报到！"大黑汉子敬了个军礼，又是立正、稍息，这时侯明志才看见这个赵大力身上也是穿着和自己一样的军装。

赵大力，老相识。三年前，赵大力在河里洗澡，一个猛子扎下去，从河底摸上来一颗人头，当即众人便围了上来，拥着赵大力，提着湿淋淋的人头去了天香楼饭庄。进了饭庄众人围桌坐好，叫来掌柜，要他立即摆好酒席为赵大力压惊，待到酒足饭饱之后，他等再提着这颗人头去报案。这哪里是喝酒压惊呀，哪里有抱着一颗头摆酒席的道理？明明是敲诈勒索。天香楼饭庄老板一辆胶皮车奔跑如飞请来了"大了"侯明志，经过侯明志一番从中撮合，讨价还价，最后天香楼饭庄四十元大洋将赵大力打发走了。

乱世出妖孽。人人都想趁着江山无主的时机，出来搂一把，搂上了就有享不尽的荣华富贵，搂不上的就再接着受穷。抢在大家伙儿还没闹明白是怎么回事的大好时机，英雄好汉们自然要登台表演，待到天下人明白过来滋味儿，那时再想搂也是搂不成了。

"河东分队有多少官兵？"假戏真唱，侯明志装模作样地询问。

"报告司令！"赵大力又是"咔嚓"一声敬了个军礼。当然,赵大力没受过军事训练,军礼不规范,他是手掌心百分之百朝前举到额前,活赛是一只猪八戒的大耳朵。"河东分队现在有中校分队长一名,少校队副十二名,上尉小队长二十六名,中尉小队副四十八名,少尉文书官七名,准尉见习官九十名,报告完毕。"

"全是官?"侯明志问了一句。

"本大队现在在筹措粮饷,粮饷齐备之后,再扩大队伍。"赵大力放开嗓门回答,天生他声音宏亮,震得侯明志耳朵嗡嗡地叫。

"赵大力,如今你做了中校分队长了,以往那些白吃白喝的毛病,可要改了。"侯明志知道赵大力的底细,便趁机给他些警告。

"报告侯司令,赵大力从今后精忠报国、效力民众,早以先的旧账,一笔勾销,再有胡作非为,以军法论处。"赵大力一字一字地喊着,震得玻璃哗哗直响。

"你这么大嗓门儿干嘛,我又不聋。"侯司令揉着耳朵说着。

"军人尚武,精神抖擞,服从命令,听从指挥。今后侯司令有用得着爷们儿的地方,一声吩咐,我赵大力上刀山下火海若是眨巴眼,就是大家伙儿的儿子!"赵大力说粗话习惯了,当了军官,仍不改恶习。

"行了，行了，闲七杂八的话少讲，以后学点军规。你走吧，你那个河东大队就算是入了三一部队了，先别跟老百姓派捐呀！"最后，侯明志嘱咐了一句。

"赵大力明白。"说着，赵大力又敬了一个军礼，然后才向后转，退了出去。

…………

"唉，卢文书，你看这不是瞎胡闹吗？"赵大力走了之后，侯明志点燃一支香烟，平静一下心情，这才对卢云人说出了心里话。

"天下什么事不是瞎胡闹闹成了的！"卢云人自己端着一盏茶，极是知心地对侯明志说，"汉刘邦，楚项羽，起事的时候不也是瞎胡闹吗？三国演义，刘、关、张桃园三结义，老哥仨一合计，咱三个人当中得出个皇上，一胡闹，就闹出个刘备。当了皇帝没地盘，愣从人家手里抢下了蜀国，你说这是不是瞎胡闹！再往下说，唐、宋、元、明、清，哪朝哪代不是瞎胡闹呢？再说，天津卫这么多商会、同乡会、同业公会拥戴你，你也算是得一方民心，中央政府接管大员来到，也不能把你推一边去。有事找你一个人商量，总比找大家伙儿商量方便，再往深处里讲，哄顺一个，总比哄顺大家伙省事呀。你呀，放心地做你的司令吧。"

"这样说，这个司令能做？"侯明志眨着眼睛询问。

"可也不能就这么做。"卢云人回答。

"该怎么做？"侯明志急着追问。

"司令既然待我以信，我也就只能报之以忠了，依不才之见……"

"有话直说，别跟我玩花花绕，我不是这里边的虫子。什么政呀、军呀，一概是棒槌一个。"侯明志索性有话明说，他早已是束手无策了。

"现如今侯司令最担心的是什么？"卢云人阴阳怪气地反问着。

"我担心嘛？那还用问吗？我就担心中央军一到一脚把我踢开，弄不好再落个趁火打劫的罪名，吃不了，我可要兜着走了。咱两人这是关上门说话，吴传铭他们凭嘛推举我立三一部队，他们怕乱民造反，抢！这八年，老百姓穷疯了，如今日本投降了，治安军解散了，天津就成了个不治之城了，一起哄，老百姓说抢谁就抢谁。立个三一部队，不就是临时替他们看家护院吗？"

"侯司令精明！"卢云人放下茶盅，不无敬仰地赞叹："所以，现如今当务之急，就是立即派人去重庆联络中央，要重庆民国政府承认侯司令的位置……"

"对呀！"狠狠地拍了一下巴掌，侯明志几乎从沙发椅上跳了起来，"重庆政府来人接管，又是政，又是军，万八千人取道长江至上海,再乘船北上,最快也要两个月时间。可是我们派人去与中央政府联络,却只要派一两个人,火车、轮船,多不过十天半月的就到了。当然,得带上点见面礼吧,我这有一副金筷子,就说是送给委员长用餐的。只是派谁去呢?"说着,侯明志站起身来,反背着双手在屋里转着圈儿地踱步。

"那自然要选一个精明强干,又是可靠的亲信了。"卢云人在一旁提示着。

"对,对,一要精明强干,二要是可靠的亲信,谁呢?派谁去才合适呢?"

"时间紧迫,刻不容缓,司令还要当机立断呀!"卢云人说着,给侯明志送上来一支香烟。

5

　　呼啦啦啦,势如雨后春笋,不到两天的时间,遍天津城的三一部队已经全成立起来了,河东的、河西的、城里的、城外的、大街南头的、大街北头的。就在赵大力成立了河东大队之后,又立起了二大队、三大队、四大队……到最后连赵大力也闹不清河东一带总共有多少个大队了。立了大队,就要向总司令报告备案。这两天以来侯明志寸步不出家门,只能一茬一茬的接见训话。好在卢文书能干,他将来报到的各大队的队长、队副们一个小时"攒"成一拨,每个小时,请侯明志出来接见一次。"弟兄们,各队将士们,日本帝国主义投降了! 中华民国的大好河山光复了! 值此举国欢庆、胜利光复之时,本司令官特命令你们忠于职守,爱国爱民。凡我三一部队将士,必须纪律严明,英勇振奋,对各类骚扰社会的不良分子严加防范,维持社会治安,保护工商实业,爱护父老乡亲,携助鳏寡孤独。我们是人民的子弟,不是做官当老爷……"如是云云,解散。

只是，天津卫突然间冒出来这么多三一部队将士，这军服去哪里筹措呀，而且三一部队全是军官，人人都得穿戴得整整齐齐。就在侯明志刚刚被拥立为三一部队总司令时，一套旧存民国军人制服才卖到老头票一百二十万元。两天时间过去，只一顶大檐军帽，便已涨至老头票五千五百万元了。至于军装，或者如民间俗称的什么操衣，那是压根儿就连个影儿也看不见了。就算是立即裁制，一是没那么多裁缝，二是没这么多军绿色的布匹。用旧日本军装改制，又怕落下个伪治安军的嫌疑。这一下，可真把三一部队广大将士愁坏了，既为官兵，那是一定要有个标志的，还穿老百姓的粗布衣，谁怕你呀？

突然间，也不知哪位高人想出了个主意，没有军装，挎箍吧。箍者，臂章是也。一个人半尺布，那可是比缝军衣便当多了。立时马上，上午10点从老西开率先维新，临到吃午饭的时候，满天津卫的三一部队将士通通就全佩上了红臂章，或者如老百姓所说的那样，就他娘全挎上红箍了。壮哉，津门，满城百姓半城箍，一下子使天津城变得好不威武雄壮。这时人们才发现，原来挎红箍是聚众起事的最好办法，没有军响，没有本钱，一人一根布条儿，成千上万的队伍就拉出来了。而且这红箍上面一没有皇家大印，二没有番号数码，想要多少有多少，是人不是人的全可以带。带上之后，人就

·227·

凶了三分，走在路上就敢大摇大摆，见了长官就敢立正敬礼，见了百姓就敢吹胡子瞪眼。你说说，想出给三一部队将士佩红臂章的这位人士，还不得是个人精？

"报告，三一部队女子总队大队长奉命报到！"尖细尖细一声喊叫，活赛是《盘丝洞》里女妖精出场前的一声叫板。不等侯明志应声答腔，房门推开，一股香水味儿迎面扑来，花红柳绿，一个全身八道弯儿的女子闯了进来。"啊嚏"！冷不防，侯明志打了个喷嚏。

"谁说成立女子大队的？"侯明志似是被气得七窍冒烟，立即他拍了一下桌子站起身来，冲着笔直地站在他面前的这位女大队长，气汹汹地问着："有三一部队的命令吗？"

"国家兴亡，匹夫有责，巾帼英豪，不让须眉。"这位女大队长好利索的口齿，爆豆儿一般，叮铃当啷地就答上来了。

"你是哪行哪界的人士，叫什么名字？"侯明志反背着手，在屋里踱步。

"爱国女子于翠娥。"

于翠娥？这名字好熟悉，侯明志停下脚步，仔细地向着女大队长端详，越看越似在哪里见过，越看越觉得这个女人和自己曾有点什么瓜葛，越看还越觉得这个人儿果然是绝色天仙。

"明志，你还认得我吗？我不是你的小翠娥吗？"娇滴滴一声招呼，侯明志打了个冷战，没错儿，就是她，就是那个王总司令托付自己照料，后来又投靠新民会会长陈世贤的那个不贞不淑不贤不忠的于翠娥。

"出去，你给我滚出去！"侯明志怒发冲冠，对着于翠娥大声吼叫。

"明志，我那无情无意的侯明志呀！"顺势，于翠娥一屁股瘫坐在沙发椅上，伸手从小皮包里取出手绢，两只手捂住下巴，嘤嘤地哭起来了。果然于翠娥姿色不减当年，她托着香腮这么一哭，倒把个俊脸蛋变得更是迷人了。

"八年呀，你当我日月好过呀？"于翠娥声声血泪，她要向她的亲人述说这八年离情了，"想当初，我一心指望王司令能得胜还乡，你当我是那水性杨花的女人吗？王宝钏寒窑之中一等18年，我于翠娥能等28年，38年了。只是，明志，你想想我当年含冤受辱走了这一步，还不就是为你一个人的平安吗？日本人听说王司令的家眷在天津，别管是不是明媒正娶吧，反正当年王司令每到天津就住在我那里，那已是大明摆着的事了，瞒得了谁呀？迟早有一天我得让日本人五花大绑地架进红帽衙门。我一个人无所谓，我没家没小，不就是一条命吗？落个为夫殉情，还是我求之不得的造化呢。可是你怎么办？满天津卫，人人都知道侯明志私下里供养着民国司令官的眷属，图的是来日民国光复，他也算是精忠报国。你忘了，你是全都忘到脖子后边去了，那阵子咱们住的地方，房前屋后摆烟摊儿的，拉洋车的，卖烤山芋的，都是什么人？特务，新民会特一课的特务。他们盯的是谁？是我？我有嘛子盯的？一个孤身女子，拉走活埋了就完了，犯得上这么兴师动众地下大力气吗？他们盯的是你，他们那是放长线钓大鱼，他们拿我当成了联络员，把你看成是地下工作。我跟你明说了吧，连咱们俩倒在门外土堆儿上的土豆皮，他们都收走，送到特一课去查看。你想想，我还能这么连累你吗？若是光想着自己个，我有的是办法，我走，溜号儿，回老家。我们老家是胜芳，胜芳出美女，一个个俊妞儿们的小模样，虽说都比我差着几分吧，可是拿到天津卫来，全是一等的货。当年王司令就是亲自去胜芳，从 500 名美女中把我选出来的。那年我十六，今年也没过二十八呀。可是我溜号之后，你怎么办？日本人准得把你逮走，下红帽衙门，你知道红帽衙门里边是嘛滋味吗？灌凉水，灌辣椒水，拿火烤红的烙铁烫，放狼狗咬，你受得住吗？明志，为了你，我得想个法子。老不是东西的陈世贤，从王司令没走的时候就打我的主意，他跟王司令联手的事，在我们家喝酒，非让我给他斟酒，我一往他身边站，他就从桌子底下跟我伸小手。后来一听说，陈世贤当了新民会会长了，好一个贼子逆臣，你忘了民国了，你随了日本了，现如今叫附逆，我找他去，骂他的祖宗八辈。

姓陈的，给儿孙们留点德，别忘了，你们家祖坟可在天津呢，做缺德事，当心让人刨了你们家的祖坟。当汉奸，你不会有好下场。你以为我们民国就这么完了？完不了，我们民国准能打败小日本，等到日本不行了，看谁管你？我骂得他一声不吭，骂得他一口答应替王司令照料我。我一想这一下明志就一身轻了，免得总挨特一课的盯梢，我对陈世贤说，你得把盯梢侯明志的特务撤了，不许找他的麻烦。这不全是为你吗？逼得我走了这一步。临走时，我没敢告诉你，我知道你舍不得我，你也不明白我为嘛走这步，有嘛说不开的扣儿，事过之后再说吧。你是忘了呀，临走之前，我连哭了三天，眼泡都哭肿了，我更舍不得你。虽说我是王司令的人吧，可我跟王司令才一块待了几天呀？他带兵在外，半年也不来天津一趟，到了天津，他也不安分地在我这儿住，公务呀、私事呀，谁敢问他的事！可咱两人在一块过了两年，是一分一秒厮守在一起的两年，一日的夫妻百日的恩，咱两人的恩情，三辈子五辈子也断不了。话再说回来，就算我和陈世贤过了这么多年，他是汉奸，我还是汉奸？到现在我连一句日本话都不会说，有做汉奸不会说日本话的吗？红帽衙门里死了那么多人，莫说是我，连陈世贤也不准说得上来呀。就是民国中央政府接管了，我也敢到堂上去问他们，谁让你们把日本兵放进来的？你们抵挡不住日本兵，自己跑得远远地去做英雄好汉，放我们在日本兵的刺刀面前玩什么威武不能屈，若玩，咱们一块玩，你不屈我就不屈。别站着说话不腰疼，怀里抱着个不哭的娃，人人都会搬不疼的牙。现如今充什么抗日功臣来了，日本人多高的个儿，你见过吗？日本投降，那是人家美国一连扔了两个原子弹的功劳。唉哟，听说原子弹那玩意儿可真厉害，方圆几百里，'轰'完了，没了，一个活物也没有了。你说说这原子弹若是早有几年，何至于闹'七七事变'？也别说，还幸亏没有，若是'七七事变'那阵就发明了原子弹，那也准是日本人，绝不能是中国有。日本有了原子弹，他还闹事变干嘛，天津一个，上海一个，把中国灭了，若不怎么说中国人命大呢？喂，明志，你猜我给你把嘛带来了？"

"少跟我耍贫嘴呀，我现在不缺钱。"侯明志还是余怒未平地说着。

"瞧你，真就那么没情没义吗？"说了一大套乱七八糟，于翠娥已经在沙发上盘腿打坐地吸上烟了。"我给你带来的东西呀，那是多少钱也买不到手的。"说着，于翠娥诡诈地在腰间拍了一下，脸上挂着一丝媚笑。

"我嘛也不稀罕！"侯明志还是刀枪不入。

"姓侯的小子，铁嘴钢牙，日后你可别后悔。"说着，于翠娥打开手提皮包，沉沉甸甸，从里面取出来一个大牛皮纸袋。这纸袋好厚,看得出来,里面装的不会是钞票,倒像是装着什么官面上的公文,是一个大公文袋。"虽说这几年跟陈世贤,可我是身在曹营心在汉,他七十多岁的人了,我能跟他一个心儿吗?只要是王司令得胜回来,我们旧情不忘,我能告他陈世贤霸占民女。往轻处说,他也是枪毙的罪过。你别总跟我没完没了的,无论多大的过错,两行眼泪就一笔勾销了,算是一时糊涂,看错了人,上错了船。如今从那条船蹦这条船上来了,有嘛说不清的账?汪精卫,国民党那么大的官,不都投靠日本人了吗?跟我一个孤单女子论什么亡国恨,犯不着。"

"别唠叨了!"于翠娥还要往下说,侯明志一挥手打断了她的话:"有话明说,你打算干什么吧?"

"我跟你过。"于翠娥快人快语,一句话说得侯明志打了个冷战。

没等侯明志答话,于翠娥又举着那个公文袋往下说着:"既然我离了你这许多年,将功补过,我不能亏待了你。这袋公文,陈世贤要烧,让我偷出来了。"

"什么公文?"侯明志问道。

"你先得说明白,要我不要?"于翠娥将那个公文袋紧紧抱在怀里,似是怕侯明志抢走。

"你是王司令的相好,我怎么能要你!"侯明志瞅着于翠娥漂亮的小脸蛋说着。

"嘻,你还真把那个王司令当回事呀,撤退那年,他都快七十岁了,一身的病,谁知还有没有了,即使是有,这八年他能老实吗?你以为他当年让你给我捎钱就是对我一片真心?那些老票子他带走也是一堆废纸,让你给我送来,就省得他自己扔了,那些钱一共也没买 10 斤棒子面,老缺德的,打发臭要饭的。"

侯明志满腔的怒火,早已渐渐地熄灭了。看看于翠娥,比几年前的小模样更迷人,唉,真是怪,这天下就是有一种人越活越水灵,越变越爱人,无论是多深的仇冤,只要再看一眼,立时便全都忘光了。

"这样吧。"思忖了半天,侯明志终于想出了一个办法,"说到你该跟谁过,那是后话。现如今咱也别等王司令,我倒要派你个差事,去重庆,找王司令。"

"我可不去。你没听说吗?山东闹八路。"于翠娥说起山东省八路军出没的情况,吓得脸色都变青了,立即摇着双手回答。"再说,我从小就没离开过天津。"

"你听我对你讲呀!"侯明志近近地坐到于翠娥身边,已是和她亲亲热热地说起私房话来了:"如今我正打算派人去重庆联络中央,全权代表卢云人,我早已选定了,可他到底原也是温士珍的人,带上什么呈文,还有什么官礼呀,那么多的盘缠呀,一个人走,他若是半路上一起歹念,跑了,怎么办?你呢,算是去大后方寻夫……"

"一男一女,我跟他走?"于翠娥问着,"这个卢云人我好像见过,我陪着陈世贤,他陪着温士珍,一块吃过饭。"

"人怎么样?"侯明志关切地问。

"嗐,知人知面不知心。"

…………

待到于翠娥舒舒服服地睡入了梦乡,侯明志这才披衣走出卧房,来到正厅办事房。燃亮电灯,取过于翠娥带来的公文袋,正襟危坐,他要看看这到底是些什么重要的公文。

"天津新民会一等国民申报书",公文袋上正宫中楷,竖着写下这行醒目的毛笔字,公文袋上还烫着密封的火漆。

"哦!"侯明志吸了一口长气,揉揉眼睛,把披在肩上的衣服往上抻了一下。没想到,新民会暗中在做这等事,所谓一等国民,自然就是中国人变日本国民。中国人是亡国奴,身为三等国民,那是只能做苦力活,说杀便杀的。包括汉奸在内,也是只能俯首贴耳的奴隶。一旦中国人入了日本国籍,成一等国民,便可以吃大米,可以以日本国民的身份任职。在日本国颁发的种种"中国人一律不准"的布告中,一等国民便自然不在其中了。

一双手先是哆嗦了一下,侯明志似是自知没有资格打开公文袋上的密封火漆,但是又咳嗽了一声,活赛是夜半三更走黑胡同的胆小鬼给自己壮胆。有什么不可以的?三一部队总司令,接管伪政府一切职能,我就是要看。

这一看,侯明志又明白了。

申报一等国民,第一要写效忠信,"东亚共荣,圣战必胜,武运长久,天下称雄。"下面,申报人×××原系中国国民,现住天津特别市特一区什么里什么胡同多少号,"今愿携直系眷属并私人全部财产皈依帝国",并宣誓"永生永世效忠帝国,生为日本人,死为日本鬼,为日本帝国昌盛,为大东亚共荣奉献终身",后面一个大附页,是本人的全部财产清单。

这样,他们的个人财产就属于日本国所有了。日本国对本国国民的私人财产有一套征税办法,而对被占领国的民众个人财产不实行征税办法,他们实行的是战争征用办法。一个战争征用命令,全部财产通通抢走,立时倾家荡产,便要流落街头。而申请一等国民一旦被批准之后,他自己的财产不仅受到了日本国法律的保护,他还可以征用被占领国民众的个人财产。从此,他们就可以和日本占领军一起掠夺中国人,践踏中国人,杀害中国人了。

"妙!"侯明志用力地一拍桌子,他全身的血液都兴奋得沸腾了,"我可抓住你们几个的辫子了。看你们一个个还如何抵赖。"一等国民，地道的汉奸，而且他们的财产既然归日本国所有，那如今便成了敌产，民国政府，眼下维持治安的三一部队，便有权没收。罢了，明日一早三一部队总司令便发布命令，着三一部队的几个分队去把那几户一等国民的商号工厂贴上封条，再日夜加岗看守，不等中央政府接管大员驾到，十天半月之内这些财产便一半归到自己名下了。发财，哪怕是用纸糊个官帽，只要扣到脑袋上准发财，做官可真有意思。

只是，侯明志又长吸了一口气，万万没有想到，这申报一等国民的十几个汉奸之中，还有道貌岸然的吴传铭。他身为商会会长，一副和事佬好好先生神态，暗中却做下了这等见不得人的事。天津市许多商号工厂被日本军方征用，一夜之间，资方败家，工人失业，最后卖华工去了日本，原来都是你吴传铭缺下的德！难怪你头一个出面怂恿我组建地方治安军，立三一部队呢，原来你是想拿我做挡箭牌呀。还有那个卫理公会的陆玉宾，正人君子，不吸烟、不喝酒，满嘴仁义道德谈玄论理，装神弄鬼地做道学夫子，原来你也申报一等国民！唉呀呀唉呀呀，人心不可测。温士珍、陈世贤，明牌汉奸，自然要申报一等国民，谁想到还有那么几个人模狗样的社会贤达，却原来也在卖国求荣，呸！我岂能饶你！

这一明白，侯明志就更觉得自己了不起了，自己虽然没有南下抗日,但八年光阴洁身自好,一点日本事没沾上,你们谁比得上?!

"我混蛋!我不是人!我混蛋!我不是人!"抢起胳膊,伸开巴掌,叭,叭,商会会长吴传铭站在侯明志面前,左右开弓,狠命地掴自己的耳光,没有几下,他已把自己的左右嘴巴打得赤红赤红了。

六十多岁的人了,相貌还颇有几分儒雅,长袍马褂,十足的富绅风度,如今哭哭啼啼,狼狈不堪地自己抽自己嘴巴,一副可怜相,看着还真叫人心疼。

"吴二爷,你这是怎么了?"侯明志装傻。

"我混蛋!我不是人!"又是一通咒骂,吴传铭又狠狠地掴了自己几个耳光。

"有话好说,有话好说,这样打自己耳光,又是何必呢?"侯明志扶吴传铭坐在太师椅上,还是装傻充愣地安抚吴传铭。

"明志,救我于危难之时,如今是只有你一个人了。"吴传铭目光中充满着乞怜地对侯明志说着。

"吴二爷话说得远了,有用得着明志的地方,说句话就是了,犯不上这样要死要活的。"侯明志说得阴阳怪气,明明是暗示吴传铭有事好商量,当然要有所表示。

"侯司令。"吴传铭该是何等精明的人儿,听话听音儿,他当即竹筒倒豆子,把事说了个明白。"实不相瞒,我吴传铭名下的产业,一半是祖辈上留下来的,一半是我自己挣下来的,咱们二一添做五。凡是我吴姓祖辈传给我的产业,我还划在自己的名下,算是我继承;我自己挣下的,无论什么商号、工厂,全都归侯司令所有,咱俩人就立字据、过户。"

"痛快,痛快!"侯明志连声地称赞,谁料侯明志又突然脸色一沉,冷声冷腔地往下说道,"只是我侯明志一不想做官,二不想发财,在这江山无主的时候出面组建三一部队,也全是为了不负家乡父老重任维持社会秩序,其中绝无个人贪图。而且明志在接管伪政府职权时就曾有言在先,只等国军一到,我立即交权去职,从此隐居乡里,寄情于山林之间,兴邦富国,那就再与我侯明志无关了。"

"侯司令圣明,侯司令圣明。"吴传铭连声不停地恭维着,"正是深知侯司令的光明磊落,传铭才联络天津各界贤达共同保荐侯司令组建三一部队。侯司令须知,此时此际跃跃欲试一心想出山称王称霸,可是大有人在呀,南市的青门十三代老头子,人多势众,刚听完电匣子里播的天皇投降诏书,深更半夜便聚众起事,要接管天津。只是第二天一早他派下人来拜会商会、同业公会、各地同乡会以及天津各行各业的元老贤达,大家伙儿一齐不认账,他就倒台了。须知,天津卫这地方七十二条蛟龙,那是到什么时候也能操纵政局的。日本势力,咱操纵不了,人家真刀真枪,一杀就是一大片。除了日本人之外,就是当年朝廷派封疆大臣,也要先知会天津卫的地头蛇草头王的。没有这七十二条蛟龙护驾,李鸿章能耐大不大?活活让天津爷们儿给气死了。"

"听吴会长的意思,似我侯明志这样的人物,其实就是一个傀儡,把我戳在这里,我就是三一部队总司令,不听摆布,伸过筷子来把我夹出去,我又是一个草民。"侯明志酸溜溜地说着,脸上颇有一副得意神色,那明明是向吴传铭暗示,如今你再摆布我,没那么容易了,你的小辫子在我手里捏着了。

"侯司令,咱们有话明说吧。"吴传铭平静一下心情,再不见刚才那副痛不欲生的神态,大大方方,和侯明志摊了牌。"我吴传铭只知经商,老实巴交的买卖人。天津商界同仁推举我任商会会长,只因为我主持公道且在商界人缘不错,有这么一点威望。这许多年我一心维持促进天津市的经济繁荣,天地良心,我没做下一桩对不起天津父老的事。"

"佩服,佩服。"侯明志连连点头。

"只是呢,人非圣贤,孰能无过?"吴传铭话锋一转,又换了一种语气说着,"人在屋檐下,不能不低头。我不外就是怕自家的产业被日本军方征用,且又经不住陈世贤那个汉奸卖国贼的撺掇。你猜他跟我说嘛?他对我说,传铭,中国亡了,别指望了.什么民国政府呀,回不来了,早做打算吧。这次好不容易跟军部弄来十个一等国民的名额,归顺日本国吧,过了这个村,就没这个店儿了。你想,凭我一个商贾,哪里懂得这些政治道理呀,哪边风硬就往哪边倒呗。侯司令,我拿身家性命跟你担保,只要你把我那份申报书烧了,我绝不会亏待你,不要产业,今天我把金货也带来了,二十两黄金,够你用些日子了吧!"

"当"地一声,沉甸甸的一个雕漆匣放在了桌子上,震得侯明志屁股颠了一下。

"唉呀,吴爷,这事要等中央军来人接管之后才能办呀,我一个人做不了主。"侯明志将二十两黄金往远处推推,没推得太远,装作为难地说着。

"若等中央军来了人,那就二百两也办不成了。"吴传铭又把那匣黄金推过去,央求着说:"这么说吧,那个申报书在你手里没有?那份公文,只抄了一份儿,连草稿我们都当着面烧了。今天你把我那份抽出来,当面烧了,金货你收下,这桩事天知地知你知我知,从此就算一笔勾销了。这二十两黄金你收下,一不用你写字据,二不用咱俩立契约,我没有账户流水,不写支出,不写收入,压根儿没地方查号去。明志,怎么样,话说到此,成也是你,不成也是你。只要你一摇头,我姓吴的若是再求你,我是双盖儿的活王八。抱起金匣子，我找个没人的地方往大河里一跳。想捞，你们都找不到地方……"

半个小时之后，吴传铭满面春风地走出侯明志宅所，嘴里哼着西皮二板，心中自是得意非凡，"伍员在头上换儒巾，乔装扮一扮往东行"，两句《文昭关》伍子胥脱险之后的清唱，正好唱出了此时此际吴传铭的心情。

"吴传老，这么早就出来应酬，辛苦呀。"向吴传铭打招呼问候的是卢云人。早早地他到侯司令家，一是来请示有关公务，二是禀告侯明志新的司令部已经连夜修葺装饰完毕，只等侯司令迁居赴任呢。

"云人兄早。"吴传铭向着卢云人抱拳作了一个揖，然后又凑上了一步知心地说着，"我这正琢磨着午后到府上拜访你去呢。"

"吴传老有什么事要吩咐吗？"卢云人恭恭敬敬地问着。

"不敢当，不敢当。"吴传铭连连地向卢云人致礼，随之，他左顾右盼见附近没人，这才又对卢云人说，"我的事，都办妥了。"

"恭喜，恭喜。"卢云人含含糊糊地说。

"这就免得日后麻烦，是不是？"吴传铭眨了一下眼，显得愈是精明。"云人兄也要及早动身呀。"

"我干嘛动身？"卢云人问。

"去重庆呀！刚才我还催促侯明志呢，派人去重庆联络中央，事不宜迟呀。他说已经选中了你，非君莫属。到了那边替老朋友们美言几句，我们后半辈的荣辱兴衰，全赖云人兄成全了呀！"说着，吴传铭又向卢云人作了个揖。

"派我去，他放心吗？"卢云人问。

"当然不放心了。"吴传铭诡秘地说着，"听说，他还安置了自己的亲信跟你同行，你猜他的亲信是谁？"不等卢云人回答，吴传铭将嘴巴凑到卢云人耳边便悄声地说了出来。

"哧"一声，卢云人笑了出来，"吴传老，你没弄错吧？"卢云人伸出一根手指，点着吴传铭的鼻子尖问。

"绝对没错儿，绝对没错儿。"吴传铭也随着笑出了声，"到时候你看，锵锵得其锵，一声叫板，走上台来的若不是她，你把我一双眼睛挖出来当泡儿踩。这不是又快民国了吗？日本占领八年，没这种事，人家就知道烧光杀光抢光，一心圣战；这台戏一旦临到民国登场了，你瞧吧，好戏可就连台喽，有看头喽。什么《拾玉镯》呀，《打棍出箱》呀，《女起解》呀，《狸猫换太子》呀，戏路可就宽喽。民国嘛，就是唱民国戏！"

"反正，没有足够的联络费，我不去。"卢云人嘟嘟囔囔地说着，"你没见昨天《庸报》上的消息吗，自8月15日以来，重庆已是全线吃紧，各沦陷区联络人员云集陪都，一桌广东生猛，就是一条黄金。"

　　"我已经给他了，二十条。"吴传铭又是悄声地对卢云人说着，"临行前来找我，我给你换成真的。"

　　"啊？"卢云人惊愕地叫出了声。

　　"嗯。"吴传铭会心地点一点头。

　　"哈，哈哈。"卢云人恍然大悟地笑了。

　　"哈哈哈哈。"吴传铭笑得更是开心。

6

上午 10 点,四个美国侨民代表来到三一部队司令部找侯明志,交涉战争赔偿问题。1942 年太平洋战争爆发,英、美、法对日宣战,在华日军将英、美、法各国侨民视为敌国侨民,一股脑将他们送到山东潍坊,在那里建了一座大集中营。8 月 15 日日本宣布无条件投降,看守集中营的日军奉命集中,各国侨民立即走出集中营,纷纷到了济南、青岛,外国人和中国人不同,不能说收进去就收进去,说送回来就送回来。如今人家既然是胜利国,就要求体体面面的衣锦还乡。为此,他们选出代表先到天津与市政当局交涉:第一,要立即腾出他们原来的各处住宅,并修葺粉刷至迁出时状况,一切被损物资必须如数赔偿;第二,要求天津市政当局组织市民于侨民返津日到车站欢迎,举行欢迎庆祝典礼;第三,日本在津财产冻结后,中国政府一律不得动用,必须首先对侨民做出赔偿,余额才归天津市政当局支配;第四,在津美国侨民的战争赔偿费,包括财产赔偿及精神赔偿两个部分,初步估算,每人为 20 万美元。

和洋人打交道,侯明志不含糊。侯爷跟洋毛子们一起玩了不是一年两年了,跳舞、赌马、回力球、吃牛排、喝咖啡,什么洋症候都难不住咱。自从 1942 年太平洋战火起,天津卫洋人销声匿迹,侯爷的日子早就过得没有滋味了。如今各国侨民要回来了,侯司令当然要给以特殊关照。

"好办,好办。"无论美国侨民代表提什么条件,侯司令都一一点头答应,一双眼睛不停地往小女翻译的脸上瞟,这个小女翻译,明明是西施再世。

这女孩至多 20 岁,容貌、身材、风度、气质,空前绝后。侯明志土生土长天津卫 40 多年,大街小巷租界地南市城里城外,少说也转了十几遍,压根儿就没遇见过这位出众的人才。反正这么说吧,若是光指望上一辈天津卫的那一茬男男女女,保准生不出来这等的人儿。天津人的脸平、扁、白、圆,而且五官往中间挤,稍微拉开一点距离,就是个标致的小生美女,偏偏就是舒展不开;而且天津人的四肢短,最短的两只胳膊搂不过来一只枕头。天津卫的枕头也是稍微大点把枕头里边的稻糠、荞麦皮倒出来,能钻进去一个大老爷们,外加一个小板凳,高枕无忧嘛,这典故就是从天津兴出来的。

唉呀呀,这个女孩子实在是太俊了,而且越端详越发现她俊，俊得让人打噎嗝儿。没看见这个女孩之前，侯明志以为天底下最俊的女子是于翠娥，但是一比这个小俊妞儿，于翠娥就变成丑八怪了，这个小俊妞才是天仙呀！

故意延长时间，侯明志又向美国侨民代表询问了集中营的种种情景，美国人详尽地作了回答，什么住房里没有热水呀，牛肉一点也不新鲜呀，咖啡的味道不正呀，等等等等，全是些牛马不如、人类不能忍受的磨难。侯明志听着连连点头，一双眼睛还是死盯着那个小女翻译。

你有心思和人家聊天，人家还没有时间奉陪，下午的轮船回青岛，全体侨民还等着听交涉结果呢，草草地说几句辞别的话，侨民代表告辞而去，小女翻译眼皮儿也不撩地随着侨民代表走在后边。侯明志想送，但又怕有失体统，还坐在大椅子上，心里一个劲儿地往下沉。

走了，连个名字也没留一下，活像是一只蝴蝶，从眼前一晃，飞走了，永远地飞走了。侯明志咽了一口唾沫，这时他才发现自己的喉咙早烧得疼痛难忍。"唉！"叹息了一声，侯明志举起拳头，在椅子扶手上狠狠地砸了一下。

"法国侨民代表求见。"送走了美国侨民代表，外面又领进来几个外国人，叽哩呱啦，进得门来指手画脚地说个不停。侯明志没心思再和这些洋人交涉，心里正在勾画刚才那个美女的容貌，冷不丁一抬头，天呀，侯明志几乎喊出声来，刚才陪美国侨民做翻译的那个俊女子，此刻又陪着法国侨民代表进来了。

如此这般，自然又是一番交涉，第一第二第三，全都是不吃亏的条件。"是是是，好好好"，侯明志一一答应，一双眼睛还是死盯着那个小女翻译。奇女子也！侯明志心中暗自赞叹，会说美国话，还会说法国话，虽说磕磕巴巴，小小年纪，已经不容易了！这姑娘，保准不是平常百姓人家的孩子，名门望族，书香门第，准是大户人家的女儿。

交涉结束，侯明志设宴款待法国侨民代表。这倒不是因为侯明志对法国人有什么特殊感情，主要是侯明志舍不得这位绝色女子就这样走了，午餐摆宴，吃饭时还能私下里和这个女人套套近乎，姓甚名谁？家住哪里？何方供职？

请外国人，自然要吃西餐，一行人来到起士林餐厅，法式大菜一道道摆上来，色香味俱佳，大饱口福，大饱眼福。

"侯司令治理有方，只一周的时间，天津市便有了井然的秩序。"

法国侨民边吃边聊，小女翻译也边吃边译，侯明志盯着她翻动的小嘴，直往下咽唾沫。

趁着敬酒的机会，侯明志向这个小女翻译问道："小姐，你到底会说几国话？"

"六国。"小姐伸出小手来，翘起拇指和小指，比了一个

"六",眉宇间显露着得意神色。

"那,你是大学毕业?"侯明志又问。

"没上过大学。"小姐摇摇头回答。

"那,你怎么就会说六国的外语?"侯明志还在询问,一双火辣辣的眼睛几乎要把这位小姐烧成一缕白烟。

"我们家住在老西开,东边是英租界,南边是法租界,北边是德租界,西边是俄租界,我从小就和六国的小孩一块玩,后来又上教会学校,我们的教师有英国人、法国人、意大利人、德国人,看门的是印度人。有印度人来办什么交涉,司令尽管找我。"

"哦!"侯明志吸了一口长气。

"请问小姐贵姓?"

"免贵姓陆,小名陆婷婷,家父陆玉宾。"

"哦!"侯明志又是吸了一口长气,随之抬手将将胸窝:"久仰,久仰。"

陆玉宾,天津卫理公会的会长,宿儒名士,道学夫子,保荐侯明志出山组立三一部队的是他,那个一等国民申报书的公文袋里,也有他。

只是,人不可貌相,谁又能想得到,凭他陆玉宾一个丑八怪,居然会有这么一个天仙般的女儿呢?而且无论怎么端详,这位陆小姐的五官容貌也没有一丝一毫与陆玉宾相似的地方,打个比方说,一朵荷花,亭亭玉立,落落大方,娇艳俊秀,恬静儒雅。顺着荷花茎往水里摸,一摊烂泥里抓,抓出来的是一节藕。初看时全身泥巴,不堪入目,洗干净了,白白嫩嫩,挺拔清秀,和荷花摆在一起两者之间总有相像处。可如今陆小姐的父亲是陆玉宾,这就似从荷花池里捞出来一只烂茄子一样,无论怎么看他们也不是一路货。

胡思乱想之间,这餐午饭结束了,陆小姐也随着那几个法国人一起不翼而飞了。

摇摇头,叹息一声,侯明志无精打采地走出了起士林餐厅。

"立正,敬礼!"

晴天霹雳一声大吼,吓得侯明志打了一个冷战,一连向后退三步。幸亏有起士林餐厅的墙壁撑住后背,否则,侯明志非瘫在地上不可。

赵大力,真不是个东西。大庭广众之下,他挺胸收腹,身体站得笔直,右手举到帽沿边上。几天没见,他的军事动作已经完全合格了。就是这一声吼叫还带着混星子味儿,这不是在向他的司令敬礼,这是来找他的冤家拼命!"长坂坡一声吼,喝断了桥梁水倒流",京剧《甘露寺》里,孙权的岳父乔玄描绘汉将张飞的两句唱词,就是今天赵大力的这份德性。

稳定住了心神儿,侯明志举手还礼,又整理一下衣饰,唯恐有损于司令的威仪。他没有询问赵大力何以会来起士林门外闲逛,想来他是不会来吃西餐的,他从生下来就吃煎饼馃子、贴饽饽熬鱼,牛奶面包,一见了就恶心。

"报告司令,河东分队长赵大力在此已是恭候多时了。"赵大力还是笔挺地站着,有板有眼正儿八经地说着。

"有事回司令部去说。"侯明志回答着,径直顺步走去。他知道这三一部队本来什么事也没有,一不发粮饷、二不训练演习,乌合之众,一群痞子无赖,用他们的胳膊根儿看着流氓,以毒攻毒,好歹维持一个月的天津平安。中央军一到,各奔西东,该卖菜的还去卖菜,该拉车的还去拉车。

"报告司令,赵大力没什么要紧的事一定要去司令部,赵大力是给司令送车来的。"赵大力十足的部下神态,规矩板眼绝无挑剔。

"什么车?"侯明志问着。

"司令请看。"这时,赵大力才"稍息解散",抬手向侯明志指着一辆黑色的小汽车说道,"不知道司令满意不满意?"

"什么满意?"侯明志还是不明白地问着。

"侯司令身为三一部队最高指挥官,没有一辆自己的小汽车,实在也不够气派。正好兄弟管辖的地界有一个日本的检查署,原来检查署署长的小汽车让兄弟给没收了。兄弟只是河东分队长,不敢欺上,这样才把车子开来想送给侯司令,也表表弟兄我的一片忠心。"

说着,赵大力陪着侯明志向那辆小汽车走了过去。汽车挺漂亮,八成新,方鼻子,长身子,看得出来是日本高级军官的座车,很有点非凡的气派。侯明志围着小汽车走了一圈儿,点点头,极是满意,笑了笑,就算是收下了。

"谢谢你这份厚礼。"侯明志拍拍赵大力的肩膀说着,"我也没什么东西好送给你的,来日方长,等中央国军一到,三一部队改编正规军,我忘不了你。"

"谢谢司令提携!"说着,赵大力又敬了一个军礼。

车门打开,侯明志和赵大力一同坐进汽车。司机开动汽车,车子穿过大街小巷,侯明志觉得极是惬意。坐过小汽车的人才知道,原来坐小汽车不在乎车子开得稳当、开得快人才觉得舒服,坐在小汽车里最舒服的,是看见车窗外路人羡慕的那种目光,那才真是让人头晕目眩。

汽车绕了一个大圈儿,停下来,赵大力陪着侯明志走下汽车,"三一部队河东分队"的一块大牌子挂在一处大宅院的门旁,侯明志被赵大力拉到他的分队队部来了。

"河东分队自成立以来兵强马壮,如今已有官兵一千余人。大家总盼着请侯司令来给大家训话,我总是对大家说司令太忙,今天顺路,侯司令就和兄弟们见见吧。"

也罢,从就任三一部队司令长官以来,侯明志还没阅过兵,今天难得河东分队聚集一千多号武士,顺水推舟,也算是给自己壮壮威风。

嗒嗒嘀,嘀嘀嗒,嘀嗒嘀嘀嗒。

侯明志才走下车来,立即便从大院里传来了嘹亮的军号声。侯明志束紧腰带,扶正军帽,把两只军靴在裤腿上蹭蹭,摆出一副武夫神态,大步地向大院走去。

"立正!"

果然,大院里早站齐了一千多名弟兄,光头、长发、秃头、军帽、礼帽、毡帽、布衣、长衫、裸臂,反正每个人都套着红臂章,一个大红箍:"三一部队"算是军仪威严;没有枪,没有刺刀,没有棍棒,一人一对胳膊根儿,称得上是威镇四方。

"弟兄们,你们辛苦了!"

站到一个高台阶上,侯明志向众人挥帽致礼。随之,地动山摇,一千人同声大吼:"侯司令辛苦了!"呼啦啦,附近房檐上的鸽子、麻雀全飞上了天。

"日本帝国主义投降了,民国光复了,我们胜利了。"搜尽枯肠,侯明志把他知道的一切全对弟兄们讲了,弟兄们听着,不时地鼓掌欢呼。当侯明志讲到"日本帝国主义占领天津长达八年之久"的时候,又有人带头鼓掌,幸好官兵中不乏有识之士当即便低声制止:"瞎鸡巴拍嘛!"如是,才又听侯明志讲了下去。

东拉西扯,好不容易讲了十分钟,而且没有闹什么大笑话,侯司令又向众人挥帽致意,这一场气势雄伟的阅兵式就算结束了。一声"解散",众官兵呼啦啦散去。不多时,院墙外便传来了"萝卜白菜大青椒呀"的叫卖声。

　　侯司令要稍事休息,赵大力领侯明志走进了他的分队部。这分队部房子不大,屋里也没什么摆设,一张八仙桌,几把木椅。八仙桌上一套茶具,屋角有一个小炭盒,炭盒里烧着红红的木炭,木炭上有一只铜壶,铜壶里开水沸腾,滚滚的水蒸汽正从壶嘴上往外冒。

　　"请坐。"赵大力让侯明志坐在木椅上。

　　"河东分队官兵操练有素。"侯明志顺声答腔地说着。

　　"承蒙司令夸奖。"赵大力一屁股坐在了侯明志的对面,"呸"地一声,侧脸吐了一口唾沫,"刷"地一下将不合体的军衣脱下来,光着膀子,冲着侯明志喘粗气。

　　"这天气不算热呀!"已经是秋天了,就算暑气未退,也总不至于光膀子呀'侯明志看着赵大力胸前的两堆横肉,疑惑地说着。

　　"光膀子,说话方便。"赵大力挥手在胸膛上用力地一拍,"当"地一声响,明明是铁打的筋骨,不讲理的汉子。

　　"有嘛活非得光膀子说?"侯明志预感到赵大力想耍翅儿,便故意逗他的火性。"论军衔,我也不过是光杆儿司令,有嘛活,中央军来了不再说嘛,急的是嘛呢?"

"没有着急的事!"赵大力回答着,"赵大力就是条痛快汉子,白刀子红刀子地玩惯了,从出世就没打算活到这么大,到了今天,吃喝玩乐也全见识过了,剩下的全是赚的。"

话外有话。侯明志听出了赵大力的弦外之音,"痛痛快快,你明说吧。"

"没嘛说的。"赵大力提起炭盆上的铜壶。给侯明志泡一杯茶。然后,赵大力又送过一支烟来。侯明志才要到衣兜里去掏火柴,谁料,一回手,赵大力将两根手指伸到炭火盆里,"嘶"地一声,一股烧焦人肉的味道突然腾起,冒着火苗,一块烧红的木炭被赵大力用两根手指从炭火盆里捏出来,稳稳当当地送到了侯明志的面前:"司令点烟。"

一块烧得冒着火苗的木炭,红里透白夹在赵大力的两根指中间,直冒白烟。侯明志先是一愣,随之便全身不停地抖了起来,活赛是患疟疾发烧,抖得咯嘣嘣上牙磕下牙。没见识过这阵势,听说过,天津卫说是"闹事""叫板",要混星了,脚行打架,先礼后兵,交手之前,双方头领会面,你一招我一势,就这么用手指头从火盆里捏红木炭或煤球点烟,你小子不含糊,咱爷们儿也不含糊。稍一犹疑便是手下败将,乖乖地把地盘让给人家。

论规矩,这时候侯侯明志也应该伸出两根手指从火盆里捏出个冒着火苗的木炭，但侯明志没练过这一手，他看着赵大力捏着红木炭，自己个就全身的肉都绷得紧紧的。一块刚从火盆捏出来的红木炭，活赛是一颗拉开线正在冒烟的手榴弹，侯明志吓呆了，不由得汗珠子从额上滚了下来。

"你不就是想当这个总司令吗？"深吸了一口长气，稳定一下心神，侯明志这才琢磨赵大力今天何以对自己发难。平日无怨，素日无仇，想来想去，他想取而代之。"现在你就当吧。"说着，侯明志慌手慌脚地往下解武装带，脱里装，摘大指挥刀。"我若是愿意当这份光杆司令，我是八国联军的儿子。"

侯明志不肯点烟，赵大力又将烧红的木炭送回到火盆里，吹吹手指上的尘土，眼也不眨，似是一点感觉也没有，稳稳当当地回答侯明志说："当司令？我没那份造化。听说你老已经派下人到重庆联络中央去了，中央军一到，人家找你老小公事，谁认得我呀？"

赵大力说的派人南下，那是指昨日下午卢云人和于翠娥离津的事。联络小组一共三个人，还有一位宿儒，带着盘缠花销，还带着联络中央的金银细软，从万国码头登船，取道青岛、上海、香港然后再辗转直奔重庆而去。

"中央军一到，收编的是三一部队，然而按职封爵，各有各的位置。谁认得我侯明志呀？"侯明志气汹汹地把军衣、军刀、绶带扔在大椅子上,只穿着内衣内裤,他赌气要做老百姓了。

"侯司令犯不上和我呕气。"说着,赵大力站起身来。从椅子上拾起侯明志的军装、军刀,又一一给他披在身上。

"不抢总司令的宝座,你从火盆里捏热木炭干嘛?明明是想拼命。"侯明志披着军衣,还心有余悸地说着。

"有点小事,求司令成全。"赵大力立正、敬礼,垂手恭立,又是一副下属见了上峰的神态,果然没有恶意。

"有话好好讲嘛。"侯明志又拉上军裤,穿上上衣,一面结衣扣儿,一面对赵大力说着。

"兄弟也是给别人办点闲事。"赵大力的语气中带着一种无可奈何的腔调,脸色更是极为作难,似是从心里不想管这桩闲事。

"谁?"侯明志又问。

陈二爷说有张什么文书稿在总司令的手里。"赵大力目不识丁,受人之托,也闹不明白是桩什么事,反正他只知道豁命,不动点真格的什么事也休想办成。

"嘻,你管这事干嘛?"侯明志一甩巴掌说着,他自然明白,这位陈二爷就是新民会会长陈世贤。"有张什么文书稿",指的是一等国民申报书。司马昭之心,他想把那张申报书要回去销赃。

"陈二爷是我师叔。"赵大力回答。

"怎么?陈世贤是你的老师?你跟他念《四书》呀,还是学书法呀了"侯明志大吃一惊,他对一代名儒陈世贤和青皮混混赵大力的师徒关系,实在想不通。

"陈二爷是青门二十一代,我是二十二代。"赵大力言简意赅,一句话说明了真情。

"哦。"侯明志应了一声。

"总司令大概也知道我们青门的规矩。"赵大力在一旁又补充了一句。

侯明志虽然没有点头,但他对青帮的内幕多少有些了解。青帮当中既然有人出面找上你门来办事,一个人办不成,那就来一帮,一帮办不成,那就来一伙;文的办不成,自然就要动武,伤和气,撕破脸,白刀子进去红刀子出来,不算是玩真格的,动不动地先从你的儿子、亲人杀起,一天宰一个,什么时候宰得你顶不住了,点头答应,才算到头,而且青门的规矩,凡是欠下的命债,一律为你赔偿。你只要提出杀人偿命的要求,欠你几条命,明日就来几个壮汉,当着你的面,一个个往油锅里跳。侯明志,敢玩这手活吗?

"赵大力,赵大力,你这是往火坑里推我呀!中央军到了,找我要汉奸,交不出人来,我就是汉奸。"侯明志说着,满心的不情愿。

"哎呀,我的总司令,全是场面上的人,你怎么这么不懂行呢?"说着,赵大力又向火盆伸过手去,两根手指眼看着就又要捏住一块烧得旺旺的红木炭了。

　　"得了罢。赵爷。"侯明志一使劲,把赵大力的手打开。他更知道天津青门的规矩,无论办什么事,对方第二次从火盆里将红木炭捏出来,即使你答应照办,那也要自己伸手去捏出来一块木炭。这捏红木炭的事,是想看就能让你再看一遭的吗?

　　…………

7

赵大力不识字,歪歪扭扭地勉强会写自己的名字,就这样还有时手颤,把"赵大力"三个字写成"赵大刀"。

随着侯明志来到三一部队队部,侯明志取出那张"什么文书稿",并指着那份申请表给赵大力看:"瞧清楚了,这张申请表可是陈世贤的。"

赵大力伸过脖子瞧瞧,点点头:"没错儿。"他何以就识了字?没有,他认识那张申请表上贴着的相片,陈二爷,陈世贤,没错儿。

"仔细瞧瞧,是这张不是?"侯明志两根手指捏着申请书,在赵大力面前晃着问。

赵大力似是而非地点点头,随之从怀里掏出来一张白纸,打开,纸上写着三个字:陈世贤。笔锋挥洒有力,不愧是书法名家。

"陈二爷嘱咐的,要按着这三个字对照。"说着,赵大力举着陈世贤写给他的那三个字,凑到侯明志面前仔细比较。

"我给你对吧。"侯明志指着申请书上的姓名一栏,对赵大力说着,"仔细瞧清楚了,陈字,这边是左耳刀。"说着,侯明志还抬手揪了一下赵大力的耳朵。

"字还有耳朵?"赵大力懵懵懂懂地问。

"这后边是东字,东西南北的东。"

"我认识,麻将牌里有这张,这叫东风。"赵大力自豪地回答。

"第二个字,世,这个字麻将牌里没有,仔细对对。"侯明志指着世字对赵大力说。

"一模一样。"赵大力点点头。

"这个字,叫贤。"

"这么多笔画。"赵大力为难了,但是仔细地核对,笔画一样,他又点头了。

"看准了,就是它?"侯明志问。

"看准了,就是它。"赵大力回答着,随即将陈世贤写的那张纸条,折好,塞回怀里。

"这张申请表,我不能交给你,万一半路上丢了,来日中央军到津,凭着这张申请书,陈二爷还是汉奸。"侯明志抖着这张申请书对赵大力说着,"把陈二爷请到三一部队来,他原是新民会会长,两家都不方便。咱两人天知地知你知我知,就在这儿把这张申请书烧了,回去给陈世贤捎个话,让他尽管过松心日月吧。"说罢,侯明志划着一根火柴,当着赵大力的面,点着了那张申请书。

火苗缓缓地从底端向上爬,一点一点,一张申请书烧成了一黑卷儿纸灰,只有捏在侯明志手指间的陈世贤的照片还没有烧着,侯明志问赵大力:"烧活人的相片,青门没什么忌讳吗?"

"相片别烧了。"赵大力一口气吹灭了火苗,然后将纸灰接过来,双手一搓,搓成一团灰屑,噗地又是一口气,吹得纸灰满屋飞。"只要烧了申请书,相片也没用了。"

"还有什么要求吗?"侯明志掸掸身上的纸灰儿问着。

"总司令够板!"赵大力翘着大拇指赞叹着。"刚才鲁莽,总司令多包涵。从今后有用得着赵大力的地方,刀山火海,总司令尽管吩咐!"又是一个立正,赵大力告辞走了。

"跟你侯大爷玩这套,赵大力,你是孙子辈的!哈哈哈哈!"今天晚上,侯明志兴致极佳,酒足饭饱,面色红润,说起他下午被赵大力逼迫当面烧掉一张"什么文书稿"的事件,他竟开怀地大笑出声了。

刚刚修葺一新的侯明志总司令的内府,其实只住着侯明志一个人,侯明志未婚,光棍一条,于翠娥从陈世贤那里跑回来,原就和侯明志住在内府的小楼房里,昨日下午,于翠娥肩负重托南下联络中央去了。今晚上,侯司令好寂寞。

偏偏正中下怀,晚上七点,一声轻轻的询问:"侯司令在吗?"未等答话,房门推开,卫理公会会长陆玉宾带着他的千金小姐陆婷婷走了进来。

天爷,一阵浓艳的香味,噎得侯明志打了一个嗝。今晚上,陆小姐不知涂了些什么化妆品,其香无比,胜似熟透的大香瓜。时值深秋,陆小姐脱去一件短大衣,身上竟穿着薄薄的一件旗袍,两条长长的光腿,灯影下显得好不诱人。扑通扑通,侯明志的心跳了起来。

"小女不谙世事,不当之处,还望总司令海涵。"陆玉宾几句寒暄之后,坐下用茶,单刀直入,说到了正题。"晚上用饭时我才听她说起,白天曾陪洋人与总司令办理种种交涉,并深得总司令赞许。我当即便对她说,既如此,你何以不留下多听听总司令的训教呢?这时她才觉后悔莫及,如此,我便带她到府上亲自向总司令谢罪。"

"哪里话,哪里话。"侯明志对陆玉宾说着,一双眼睛却不停地向陆婷婷瞟去,国色天香,陆玉宾和他的黄脸老婆怎么就生出了这么一个天仙?扑通扑通,侯明志的心又跳了起来。

"总司令护佑津沽黎民,日夜操劳,身边也没个人操持茶饭,倘蒙总司令不嫌,就把小女留在身边侍候起居吧。婷婷,你说呢?"陆玉宾说着,又问着站在身边的女儿。

"只怕婷婷手笨心笨。"陆婷婷低声地回答,一抹含羞的浮云飞上了双鬓。

"哎呀呀,这如何使得?这如何使得?"侯明志乱了手脚,坐下,站起,搓着双手,连连地眨着眼睛,他全身的血液都已沸腾了。

"还不快谢谢总司令。"陆玉宾在一旁催促着女儿说。

"婷婷谢总司令。"陆婷婷双手扶膝,行了一个教会洋学堂女学生的鞠躬礼,喜得侯明志忙跑过去一把将她拉了过来。

"哎呀。"侯明志将陆婷婷的一双玉手在自己的大手掌间搓弄着,侧脸对陆玉宾说,"你我兄弟相称,可让我如何疼这个孩子呢?"

"总司令只管调教就是,该说就说,不听话,就打。"陆玉宾回答着,还扬手在陆婷婷的身后晃了一下,作出一个打屁股的姿势。

"这么好的孩子,谁舍得打呀?"说着,侯明志将陆婷婷的小手握得更紧了。

"玉宾该告辞了,总司令早早休息。"又扯了几句闲话,陆玉宾将女儿留下,一个人要走了。这时,侯明志似想起了什么事,招手将他留住。

"刚才,出了这么一档子事。"一五一十,侯明志将赵大力逼要陈世贤"一等国民申报书"的经过,对陆玉宾述说了一遍。

"下作!"陆玉宾听过侯明志的述说,气愤地骂了一句,"他陈世贤身为新民会会长,又申报一等国民,明明是一个铁杆儿汉奸,居然他还要销赃匿迹,真是不知'羞耻'二字。"

"所以呀,他陈世贤的申报书,我是万万不能烧的。"侯明志说着,狡黠地眨眨眼睛。

"可总司令说,刚才不是当着赵大力的面将一张申请书烧了吗?"陆玉宾不解地问着。

"陈世贤的申报书没有烧,作了点手脚,我烧的那张,是陆大人你的申报书。"

"怎么?还有我的申报书?"陆玉宾一听,火冒三丈,当即骂了起来,"好一个毒恶至极的陈世贤,他一人卖国求荣不算,还要暗地里陷害他人。什么是一等国民申报书?我压根儿不知道这桩事,是他自做主张私下捣鬼,明明是假的。什么?还有我的相片。我的相片多了,沦陷八年,动不动地就找我要相片,谁知道他们拿着相片去做什么?只是,只是,这暗渡陈仓的手脚是怎么做的呢?"陆玉宾骂了几句,话锋一转,又想问个究竟。

"他赵大力不识字,陈字和陆字,我在里间屋取申请书的时候,用笔一描,就描过来了;玉字再加几小连,又成了世字;宾字和贤字看着相似,笔道连一下,他赵大力怎么会辨得出来?相片哩,我把陈世贤的相片揭下来遮在你贴相片的地方,一点火,不就把陆兄的那张申报书烧掉了吗?哈哈!"说到得意处,侯明志又笑了起来。

"总司令圣明,总司令圣明,谁说天津卫不出人才,总司令旷世奇才!"陆玉宾双手翘起两根大拇指,向着侯明志赞颂。

"没这点能耐,我侯明志也不敢领这份差,吃这份俸禄,戴这顶乌纱帽。有胆量做汉奸,也得有胆量承认自己是国贼,日本饭吃够了,中央军来了还想人模狗样地坐天下,没这么便宜,也该换换班了。为嘛日本时期我不出山?因为我看的长远,小日本,长不了。这么大的中国,一块一块往肚里吞,你还没那么大的嗓子眼。给日本人做事,仰仗着日本势力欺侮中国人,那不叫本事。有能耐的中国人跟中国人比划,败了是条汉子,胜了是个豪杰。你陈世贤算什么汉子,等着下大狱吧。赵大力,青皮混混,也想跟我侯明志叫板?好歹捏个窝窝,我也把你涮了,若不,这么多的书全白读了。读书干嘛?就是长坏下水,出鬼点子。学问越大,花活玩得越俏,戏法变得越神。没听说吗?书念的越多越坏蛋。为嘛?他光从书里边学坏,所以才骂念书的是大坏蛋。念书的坏不坏?坏,只是心里明白什么是坏,自己不肯坏,就像人人都会说谎话，可是好人不撒谎一样。做坏事谁不会呀？吃喝嫖赌抽，坑蒙拐骗偷，用不着学，一看就明白，只是我不肯干。可是，你别逼我，你逼我，我就干。我干得比你还邪，坏起来比你还坏。凭你一个陈世贤，居然也想玩我？自己不敢出面，就买个亡命徒来找我拼命，一对一，我没那么大工夫陪你，咱侯爷出山，少说也要玩你十个八个。我怎么就有这么大的口气？这世上的事，我全看透了。沦陷之前，你陈世贤也是个人物，抗日呀，爱国呀，调儿唱得好高，那时候谁想到我侯明志呀。天下兴亡，匹夫有责。我眼看着日寇入侵，义愤填膺，奋笔疾书了一篇《讨日寇书》，寄给报社，泥牛入海。可再看那报纸，今天登一段箱尸奇案，明天登一段明星绯闻，何以你们就舍不得那二寸地方登我的《讨日寇书》？人家没拿咱侯爷当棵葱，有陈世贤高唱救国就够了，你还是自己找饭辙去吧。可是，天津沦陷，日寇占领，头一天立新民会，第二天陈世贤出任新民会会长，还在报上登了一篇陈情表，什么双方交兵，不可殃及平民，为了护佑地方平安，只能忍辱负重。呸！他当汉奸当出理来了。还编造传闻，说日本人在陈世贤家门外挂了两颗炸弹，限他三天之内就任新民会会长，否则就炸他的全家。由着你自己编排呗，谁做坏事都说是迫于无奈，把罪责往后边的靠山上推，他让你干坏事你就干，你不知道你这一干坏事就有人家败人亡？你说是不敢违抗日本人的命令，可你也不能帮着日本人执行命令吧？中国人最大的毛病就是做模范亡国奴，只要有人坐了江山，指使他干嘛他就去干嘛。你说烧，咱就烧；你说砸，咱就砸；只要把主子一个人哄痛快了，毁了全中国都可以。中国人为嘛这样，因为中国人有个毛病，凡是跟着干的，都不论罪。杀光烧光抢光，是日本人让干的，我若是不跟着杀烧抢，日本人把我杀了怎么办？为了保自己一条命，他就不管别人的命。从我侯明志这儿就要改改中国人的这点毛病。日本投降了，凡是日本人犯下的罪，让日本人抵偿；日本人走了之后，关上国门，咱们是一个一个地整治汉奸，就问问你当初为嘛当汉奸。第一次不治出个样来，日本鬼子二次再来，准还有人做汉奸，别以为那些人明白了，头一遭做了昧良心的事，第二遭就改正了。不可能！只要后台有靠山，他还是照干不误。本来嘛，只要把良心掏出来往狗堆儿里一扔，立时马上，就是发财升官。陆爷，你信不信？只可惜，那些人的算盘打错了，盘古开天地，三皇五帝到如今，万没想到，就在民国维新之时，中国有了个侯明志。这侯明志凡夫俗子，身无安邦治国之才，胸无改朝换代之志，一心一意，就是要在中国活出个人样来，让四万万同胞看看，一个男爷们儿，该如何活！我说到哪儿了，陆爷？别多想，我可没说您，你老是好人，大好人。那张申报书一看就是假的，我一眼就看出了，我当时就想，凭陆爷这样的正人君子,怎么会做出这种不是人的事呢?不能够! 天津卫,陆爷若再不是好人,满天津卫就没有好人了! 那张表烧了,中央军一到,你老准是议政厅参事,名流,贤达,抛头露面,吃中央喝中央玩中央,不痛快时再骂中央,不也是一种活法吗?哈哈哈哈……"

8

　　公元 1945 年 9 月 12 日，在日本帝国主义宣告无条件投降之后的第 27 天，中华民国全权代表，中央特派天津行辕公署主任余士国大人，乘美国轮船北上到达天津。海河岸边万国码头上人山人海，数以百万计的市民上街欢迎中央代表到津就任，并庆贺光复，同时欢迎友邦美国水兵登岸。

　　这一天，天津卫一切能出的热闹全出齐了，地秧歌、高跷会、跑旱船、法鼓以及种种子弟把式、女儿阵全涌到街上来了，沦陷八年后山河光复，人民欢欣鼓舞。最热闹的是一队七十岁以上老妇组成的欢迎会，载歌载舞，看的人无不热泪盈眶。

　　为维护庆祝及欢迎活动的秩序，三一部队全体官兵全城值岗布阵，且有巡察人员走来走去，眼睁睁把个无时不偷、无日不打的天津卫，看管得一派平安景象。

　　侯明志作为三一部队总司令，自然要亲自到万国码头迎接中央代表。这一天他穿上军装、佩上绶带、挎上军刀,黑压压欢迎人群中,他站在头排头名。

缓缓地。美国兵船驶过来了,商会会长吴传铭请来的鼓乐队奏起了洋鼓洋号,立时,彩旗飘舞,汽球升天,成千上万只鸽子腾空飞起,这个万岁,那个万岁,口号声震耳欲聋。

兵船靠岸,抛锚落梯,美国水手甲板列队,齐刷刷向岸上的人群敬礼。这时,侯明志运足一口丹田气,活赛是猛虎吼叫,"立正,敬礼!"刷地一下,他带头向甲板上的水兵行了一个派头十足的大军礼。

沿着舷梯,刷刷刷跑下一队美国水兵,步伐整齐,军仪庄重。下到岸上分两列站开,抬手敬礼,不容分说,自然是中央大员就要出来了。

果不其然,甲板上一位四十多岁的中年男人,身穿黑色西装,足蹬黑色皮靴,系红领带,手举礼帽,向着岸上的人群挥帽致礼。即刻,军号吹起,这位人物沿舷梯缓缓而下,一步步,气度非凡,俨然是中央全权代表无疑了。

有美国水兵阻拦,岸上的欢迎人群只能远远站立。中央大员走下船来,没有直接与地面人群接触,登上一个高台,对着话筒,他要代表中央向欢迎的人群致辞了。

"天津的骨肉同胞们,父老乡亲们,离乱八年,你们受委屈了。"只一句话,便说得岸上的同胞涌出热泪,抽抽噎噎,已经有人泣不成声了。

"兄弟奉中央特派,北上接管天津,此行重任如山……"

"士国!"人群中突然有人一声大喊,打断了中央代表余士国的讲话,众友一齐回头望去,只见一位老人正举着一束鲜花向中央代表跑去。

"世贤兄,八年时光,你别来无恙呀!"中央代表余士国听到了人群中的喊叫站在高处一望,他立即认出了这位要献花给他的老人。

陈世贤!众人惊呆了,新民会会长陈世贤,何以还有脸赶到码头来欢迎中央代表呢?他此时此刻,本应该在家中等候逮捕入狱呀!

可是,陈世贤还是跑过来了,而且中央代表示意美国水兵让出一个道来,让他举着鲜花跑了过来。"他是汉奸!"侯明志在人群中喊了一声,随即也要向前跑,但美国水兵又站好了队形,侯明志挤不进去了。

"八年抗战,流血牺牲。"中央代表从陈世贤手里接过鲜花,又紧紧地和陈世贤握手,然后,转过身来向着欢迎的人群继续说着,"国军在大前方浴血战斗,我革命同志陈世贤含辛茹苦,打入敌后坚持地下工作……"

"啊!"突然间,侯明志活赛是当头挨了油锤,一下子被打蒙了。怎么?陈世贤原来是地下工作?还是什么革命同志?

笑话,笑话,真是天大的笑话。想中央盼中央,想来了中央盼来了中央,难道就是为了接着演这出丑剧吗?

"抗战胜利,既要有正规军在前方冲锋陷阵,更要有地下同志与敌人斗智周旋。前方战士献勇,地下同志献智,相得益彰,共同促成大业完成。"中央代表余士国紧紧地挽着陈世贤的手臂,两人一同代表中央政府频频向众人致意。

"万岁!""万岁!"对于不了解陈世贤何以当上新民会会长的百姓来说,自然也不想知道陈世贤又如何成了地下工作者。"万岁!""万岁!"大家只管喊万岁就是。

"呸!"只有侯明志怒不可遏,他狠狠地跺一下脚,立即把他的军装、军帽脱了下来,再把军刀摘下来,当众狠狠地扔在地下,转回身来,穿着内衣、内裤扬长而去。临走时还甩下了一句四字真言:"×你姥姥……"

起始几天,侯明志还有些不服气,他以为这一切误会的发生,全是自己派去联络中央的卢云人和于翠娥还没有回来,只等卢云人、于翠娥陪同他俩联络上的中央一到,一切真相还是要大白于天下的。偏偏到三天之后,原来陪同卢云人、于翠娥南下联络中央的那位闲人狼狈回津。据他向侯明志诉说,船一到青岛,当即卢云人和于翠娥就携带联络中央的那笔款项溜之乎也了,将他一个人扔在青岛,衣食无着。他是变卖了身上穿的礼服呢长衫才凑够盘缠,在货轮上买通了水手,将他塞在给美国水兵送食品的底舱里,才回到天津的。

"唉,笨蛋,被他们玩了。"一番感慨,侯明志正觉得自己冤枉,谁料,天津行辕公署一纸公文下达,他险些成了汉奸。

天津行辕公署的公文说:日寇投降后,国军接管前,地方治安由原治安军负责维持。天津三一部队于日寇投降后能在维持社会治安上尽心尽力,特决定不按汉奸部队论处,原三一部队总司令侯明志在职不足30天,应准予其离职自谋生路。

至于那几位要人呢,陈世贤于地下工作期间劳苦多年,暂先在家休养,来日成立参政厅,再任新职;商会会长吴传铭,自然继任商会会长;卫理公会会长陆玉宾,也还是卫理会会长,一个个人五人六地好不风光。

只有陆婷婷留在侯明志身边,侯明志有志气至死不去认陆玉宾这个岳父。陆婷婷也说,你索性死了那份心吧,我压根不是他的女儿,他是花钱将我从班子里买出来的。不过,侯二爷放心,我在班子里是个清白身子,还没混事由。

"那,你怎么会说六国话?"侯明志不解地问。

"嘻,我从六岁被卖到谢家胡同外国妓院,侍候过六国的窑姐儿。"

"呸!"侯明志气得又要骂娘,但是转念一想,天津卫这地方养人,来日方长,谁知道什么时候又会有立三一部队的时机? 只是再立三一部队,自己就不客气了,不等中央代表接管,该下手的时候,一定不能手软!

　　唉,侯爷,依在下之见,你就死了那份心吧。下一遭再逢乱世,天津卫自会有新的花招好耍,立三一部队,树大招风,容易蚀本,不会有人再上那份鬼当了呀! 侯爷,你说呢?